Joris Karl
Huysmans

Le drageoir
aux épices,
suivi de
Pages
retrouvées

SONNET LIMINAIRE

Croquis de concert et de bals de barrière ;
La reine Marguerite, un camaïeu pourpré ;
Des naïades d'égout au sourire éploré,
Noyant leur long ennui dans des pintes de bière ;
Des cabarets brodés de pampres et de lierre ;
Le poète Villon, dans un cachot, prostré ;
Ma tant douce tourmente, un hareng mordoré,
L'amour d'un paysan et d'une maraîchère :
Tels sont les principaux sujets que j'ai traités :
Un choix de bric-à-brac, vieux médaillons sculptés,
Émaux, pastels pâlis, eau-forte, estampe rousse,
Idoles aux grands yeux, aux charmes décevants,
Paysans de Brauwer, buvant, faisant carrousse,
Sont là. Les prenez-vous ? À bas prix je les vends.

I
Rococo japonais

Ô toi dont l'œil est noir, les tresses noires, les chairs blondes, écoute-moi, ô ma folâtre louve !

J'aime tes yeux fantasques, tes yeux qui se retroussent sur les tempes ; j'aime ta bouche rouge comme une baie de sorbier, tes joues rondes et jaunes ; j'aime tes pieds tors, ta gorge roide, tes grands ongles lancéolés, brillants comme des valves de nacre.

J'aime, ô mignarde louve, ton énervant nonchaloir, ton sourire alangui, ton attitude indolente, tes gestes mièvres.

J'aime, ô louve câline, les miaulements de ta voix, j'aime ses tons ululants et rauques, mais j'aime par-dessus tout, j'aime à en mourir, ton nez, ton petit nez qui s'échappe des vagues de ta chevelure, comme une rose jaune éclose dans un feuillage noir.

II
Ritournelle

Défunt son homme la roua de coups, lui fit trois enfants, et mourut tout imprégné, d'absinthe.

Depuis ce temps, elle patauge dans la boue, pousse la charrette, hurle à tue-tête : Il arrive ! il arrive !

Elle est ineffablement laide. C'est un monstre qui roule sur un cou de lutteur une tête rouge, grimaçante, trouée d'yeux sanglants, bossuée d'un nez dont les larges ailes, des soutes à tabac, pullulent de petits bulbes violacés.

Ils ont bon appétit, les trois enfants ; c'est pour eux qu'elle patauge dans la boue, pousse la charrette, hurle à tue-tête : Il arrive ! il arrive !

Sa voisine vient de mourir.

Défunt son homme la roua de coups, lui fit trois enfants, et mourut tout imprégné d'absinthe.

Le monstre n'a pas hésité à les recueillir.

Ils ont bon appétit, les six enfants ! À l'ouvrage ! à l'ouvrage ! Sans trêve, sans relâche, elle patauge dans la boue, pousse la charrette, hurle à tue-tête : Il arrive ! il arrive !

III
Camaïeu rouge

La chambre était tendue de satin rose broché de ramages cramoisis, les rideaux tombaient amplement des fenêtres, cassant sur un tapis à fleurs de pourpre leurs grands plis de velours grenat. Aux murs étaient appendus des sanguines de Boucher et des plats ronds en cuivre fleuronnés et niellés par un artiste de la Renaissance.

Le divan, les fauteuils, les chaises, étaient couverts d'étoffe pareille aux tentures, avec crépines incarnates, et sur la cheminée que surmontait une glace sans tain, découvrant un ciel d'automne tout empourpré par un soleil couchant et des forêts aux feuillages lie de vin, s'épanouissait, dans une vaste jardinière, un énorme bouquet d'azaléas carminées, de sauges, de digitales et d'amarantes.

La toute-puissante déesse était enfouie dans les coussins du divan, frottant ses tresses rousses sur le satin cerise, déployant ses jupes roses, faisant tournoyer au bout de son pied sa mignonne mule de maroquin. Elle soupira mignardement, se leva, étira ses bras, fit craquer ses jointures, saisit une bouteille a large ventre et se versa, dans un petit verre effilé de patte et tourné en vrille, un filet de porto mordoré.

À ce moment, le soleil inonda le boudoir de ses fleurs rouges, piqua de scintillantes bluettes les spirales du verre, fit étinceler, comme des topazes brûlées, l'ambrosiaque liqueur et, brisant ses rayons contre le cuivre des plats, y alluma de fulgurants incendies. Ce fut un rutilant fouillis de flammes sur lequel se découpa la figure de la buveuse, semblable à ces vierges du Cimabué et de l'Angelico, dont les têtes sont ceintes de nimbes d'or.

Cette fanfare de rouge m'étourdissait ; cette gamme d'une intensité furieuse, d'une violence inouïe, m'aveuglait ; je fermai les yeux et, quand je les rouvris, la teinte éblouissante s'était évanouie, le soleil s'était couché !

Depuis ce temps, le boudoir rouge et la buveuse ont disparu ; le magique flamboiement s'est éteint pour moi.

L'été, cependant, alors que la nostalgie du rouge m'oppresse plus lourdement, je lève la tête vers le soleil, et là, sous ses cuisantes piqûres, impassible, les yeux obstinément fermés, j'entrevois, sous le voile de mes paupières, une vapeur rouge ; je rappelle mes souvenirs et je revois,

3

pour une minute, pour une seconde, l'inquiétante fascination, l'inoubliable enchantement.

IV
Déclaration d'amour

Je sens sourdre dans mon âme une indicible rage, quand je pense à toi, Ninon. Qu'une fille à qui sa mère a dit : Tu es jeune, tu es belle, tu es vierge, cela se vend ; que cette fille se livre à un libertin riche et tombe de degré en degré aux excès les plus dégradants, je l'excuse ; qu'une fille se donne par amour à un homme qui, après l'avoir mise enceinte, l'abandonne comme un lâche qu'il est ; que cette fille s'étale devant le premier venu pour nourrir son enfant, celle-là, je la plains ; mais qu'une fille bien élevée, qui est à même de gagner honnêtement sa vie, se roule, de propos délibéré, dans toutes les fanges et dans toutes les sanies, celle-là, je la hais et je la méprise.

Entends-tu, ribaude infâme, je te hais, je te méprise… et je t'aime !

V

La reine Margot

J'avais travaillé toute la journée ; me sentant un peu las, je sortis pour fumer un cigare. Le hasard conduisit mes pas, à Grenelle, devant une guinguette à cinq sous d'entrée avec droit à une consommation. On danse dans un jardin planté d'arbres et de becs de gaz. L'orchestre s'est installé au fond, sur une petite estrade, et un municipal adossé à un arbre fume une cigarette et jette un regard indifférent sur la tourbe malpropre qui grouille à ses côtés. Je contemple curieusement les habitués du bal. Quel monde ! des ouvriers gouailleurs, la casquette sur l'oreille, les mains crasseuses évasant la poche, les cheveux plaqués sur les tempes, la bouche avariée exsudant le jus noirâtre du brûle-gueule ; des femmes maffues, opaques, vêtues de robes élimées, de linge roux et gras, coiffées de crinières ébouriffées, exhalant les senteurs rancies d'une pommade achetée au rabais chez un épicier ou dans un bazar.

Tandis que j'examine ce fourmillement de vauriens et de drôlesses, le silence se fait tout à coup, et, à un signal du chef d'orchestre, la flûte siffle, les cuivres mugissent, la grosse caisse ronfle, le basson bêle, et hommes, femmes vont, viennent, s'élancent, reculent, s'étreignent, se lâchent, se tordent, se disloquent et lancent la jambe en l'air.

J'en avais assez vu ; je me levais pour sortir, quand parut, au détour d'une allée, une créature d'une étrange beauté.

On eût dit un portrait du Titien, échappé de son cadre. L'amas de ses cheveux bruns, légèrement ondés sur le front, faisait comme un repoussoir à la morne pâleur de son visage. Les yeux bien fendus scintillaient bizarrement, et la bouche, d'un rouge cru, ressortait sur ce teint blanc comme un caillot de sang tombé dans du lait. Son costume était simple : une robe noire, décolletée amplement, découvrant des épaules grasses. Aucune bague ne serrait ses doigts, aucune pendeloque n'étirait ses oreilles ; seuls, de minces filets d'or ruisselaient sur sa gorge nue, qu'éclairaient de lueurs vertes des émeraudes incrustées dans un médaillon d'or fauve.

Comment était-elle ici ? Comment elle, si belle, si élégante, coudoyait-elle cette plèbe immonde ? Mais ce n'est pas possible, cette femme n'habite pas Grenelle ! son amant n'est pas ici ! Je cherchais à résoudre cette énigme, quand une espèce d'ouvrier pâle, narquois, mâchonnant un bout de cigarette, une cravate rouge flottant sur une blouse décolletée, s'approcha d'elle et colla ses lèvres peaussues sur sa mignonne bouche rose. Elle lui rendit son baiser, et l'empoignant à plein corps se mit à valser. Il la serrait dans ses bras, et elle, la tête rejetée en arrière, les lèvres mi-closes, moirées de frissons de lumière, se pâmait voluptueusement sous les brûlants effluves de son regard.

Était-ce possible ! cet homme était son amant ! Eh oui, c'était son amant ! C'est une fille entretenue par un jeune homme riche, beau, bien élevé, qui l'adore et qu'elle exècre parce qu'il est riche, beau, bien élevé, et qu'il est entêté d'elle jusqu'à la folie ! Celui qu'elle aime, le voilà ! c'est ce goujat rabougri. Ah ! celui-là ne la traite pas avec respect, n'obéit pas à ses caprices, ne lui parle pas un langage passionné ; celui-là l'insulte, la fouaille, et elle frémit de crainte et de désir, quand elle subit ses brutales caresses !

Une nausée me montait aux lèvres, je m'enfuis, et tout en marchant, je comparais le désenchantement que je venais d'éprouver à celui que je ressentais lorsque j'aimai d'un amour si tendre la reine Marguerite de Navarre. Quel rêve ! quelle débauche d'extase ! Aimer et être aimé d'une reine, belle à ravir, passionnée, intelligente, instruite ! Ô ma reine, ma noble charmeresse, ma divine Margot, que je t'ai aimée ! Hélas ! toi aussi tu m'as trompé ; des mémoires authentiques attestent que tu as eu pour amants ton cuisinier, ton laquais et un sieur Pomony, un chaudronnier d'Auvergne.

Et pourtant, ô ma belle mignote, mon rêve adoré, que tes chroniqueurs t'avaient faite noble et fière ! Je t'aimais, je pleurais avec toi, alors que, défaillante, noyée de larmes, tu allais dans un charnier recueillir la tête sanglante du pauvre La Mole.

Ah ! misérable reine, ce n'était pas un amour sublime, une douleur immense qui te serrait la gorge et faisait jaillir de tes grands yeux un fleuve de larmes ; c'étaient les obsessions brûlantes, les tumultes charnels d'une insatiable salacité !

Eh ! qu'importe, après tout, pauvre aimée ? tu as expié tes crimes ; va, dors en paix ton long sommeil, ô la plus vile des reines, ô la plus belle des prostituées !

7

VI

La kermesse de Rubens

Le lendemain soir, j'errais dans les rues d'un petit village situé en Picardie, au bord de la mer. Le vent soufflait avec rage, les vagues croulaient les unes sur les autres, et les moulins à vent découpaient leurs silhouettes grêles sur de monstrueux amas de nuages noirs. Çà et là, sur la route, étincelaient de petites chapelles, élevées par les marins à la Vierge protectrice. Je marchais lentement, baisant tes lèvres rudes, aspirant l'âcre et chaude senteur de ta bouche, ô ma vieille maîtresse, ma vieille Gambier ! j'écoutais le grincement des meules et le renâclement farouche de la mer, quand soudain retentit à mon oreille un air de danse, et j'aperçus une faible lueur qui rougeoyait à la fenêtre d'une grange. C'était le bal des pêcheurs et des matelotes. Quelle différence avec celui que j'avais vu hier au soir ! Au lieu de cette truandaille ramassée dans je ne sais quel ruisseau, j'avais devant les yeux des gars à la figure honnête et douce ; au lieu de ces visages dépenaillés et rongés par les onguents, de ces yeux ardoisés et séchés par la débauche, de ces lèvres minces et orlées de carmin, je voyais de bonnes grosses figures rouges, des yeux vifs et gais, des lèvres épaisses et gonflées de sang ; je voyais s'épanouir, au lieu de chairs flétries, des chairs énormes, comme les peignait Rubens, des joues roses et dures, comme les aimait Jordaens.

Au fond de la salle, se tenait un vieillard de quatre-vingts ans, tout rapetissé et ratatiné ; sa figure était sillonnée de ravines et de sentes qui s'enlaçaient et formaient un capricieux treillis ; ses petits yeux noirs, plissés, bridés jusqu'aux tempes , étaient couverts d'une taie blanche comme des boules d'agate marbrées de blanc, et son gros nez saillant étrangement, diapré de bubelettes nacarat, boutonné d'améthystes troubles.

C'était le doyen des pêcheurs, l'oracle du village. Dans le coin, à sa gauche, quatre loups de mer s'étaient attablés. Deux jouaient aux cartes et les deux autres les regardaient jouer. Ils avaient tous le teint hâlé et brun comme le vieux chêne, des chevelures emmêlées et grisonnantes, des mines truculentes et bonnes. Ils vidaient, à petites gorgées, leur tasse de café, et s'essuyaient les lèvres du revers de leur manche. La partie était intéressante, le coup était difficile ; celui qui devait jouer tenait son menton dans sa grosse main couleur de cannelle et regardait son jeu avec inquiétude. Il touchait une carte, puis une autre, sans pouvoir se décider à choisir entre elles ; son partner l'observait en riant et d'un air vainqueur, et les deux autres tiraient d'épaisses bouffées de leur pipe et se poussaient le coude en clignant de l'œil. On eut dit un tableau de Teniers, il n'y manquait vraiment que les deux arbres et le château des Trois-Tours.

Pendant ce temps, le cornet et le violon faisaient rage, et de grands gaillards, membrus et souples, les oreilles ornées de petites poires d'or, gambadaient comme des singes et faisaient tournoyer les grosses pêcheuses, qui s'esclaffaient de rire comme des folles. La plupart étaient laides, et pourtant elles étaient charmantes avec leurs petits bonnets blancs, jaspés de fleurs violettes, leur grosse camisole et leurs manches en tricot rouge et jaune. Les enfants et les chiens se mirent bientôt de la partie et se roulèrent sur le plancher. Ce n'était plus une danse villageoise de Teniers, c'était la kermesse de Rubens, mais une kermesse pudique, car les mamans tricotaient sur les bancs et surveillaient, du coin de l'œil, leurs garçons et leurs filles.

Eh bien ! je vous jure que cette joie était bonne à voir, je vous jure que la naïve simplesse de ces grosses matelotes m'a ravi et que j'ai détesté plus encore ces bauges de Paris où s'agitent comme cinglés par le fouet de l'hystérie, un ramassis de naïades d'égout et de sinistres riboteurs !

VII

Lâcheté

La neige tombe à gros flocons, le vent souffle, le froid sévit. Je rentre chez moi en toute hâte, je prépare mon feu, ma lampe. J'attends ma maîtresse. Nous dînerons ensemble chez moi ; j'ai commandé le dîner, acheté une bouteille de vieux pomard, une belle tarte aux confitures (elle est si gourmande !). Il est six heures, j'attends. La neige tombe à gros flocons, le vent souffle, le froid sévit ; j'attise le feu, je ferme les rideaux, je prends un livre, mon vieux Villon. Quelles ineffables délices ! dîner chez soi, à deux, au coin du feu. Six heures et demie sonnent à la pendule : j'écoute si son pas n'effleure pas l'escalier. Rien – aucun bruit. J'allume ma pipe, je m'enfonce dans mon fauteuil, je pense à elle. – Sept heures moins cinq minutes. Ah ! enfin, c'est elle. – Je jette ma pipe, je cours à la porte ; le pas continue à monter. Je me rassieds, le cœur serré, je compte les minutes, je vais à la fenêtre ; toujours la neige tombe à gros flocons, toujours le vent souffle, toujours le froid sévit. J'essaie de lire, je ne sais ce que je lis, je ne pense qu'à elle, je l'excuse : elle aura été retenue à son magasin, elle sera restée chez sa mère. Il fait si froid ! peut-être attend-elle une voiture ; pauvre mignonne, comme je vais embrasser son petit nez froid, m'asseoir à cropetons à ses petits pieds ! Sept heures et demie sonnent : je ne tiens plus en place, j'ai comme un pressentiment qu'elle ne viendra pas. Allons ! tâchons de manger. J'essaie d'avaler quelques bouchées, ma gorge se resserre. Ah ! je comprends maintenant ! Mille petits riens se dressent devant moi ; le doute, l'implacable doute me torture. Il fait froid, eh ! qu'importent le froid, le vent, la neige, quand on aime ? Oui, mais elle ne m'aime pas.

Oh ! mais je serai ferme, je la tancerai vertement ; il faut en finir d'ailleurs ! depuis trop longtemps elle se rit de moi ; que diantre, je n'ai plus dix-huit ans ! ce n'est pas ma première maîtresse ; après elle, une autre ! Elle se fâchera ? le beau malheur ! les femmes ne sont pas denrée rare, à Paris ! Oui, c'est facile à dire, mais une autre ne sera pas ma petite Sylvie, une autre ne sera pas ce petit monstre, dont je suis si follement assoti !

Je marche à grands pas, furieusement, et, tandis que j'enrage, la pendule tintinnabule joyeusement et semble rire de mes angoisses. Il est dix heures. Couchons-nous. Je m'étends dans mon lit, j'hésite à éteindre ma lampe ; bah, tant pis ! j'éteins. De furibondes colères m'étreignent à la gorge, j'étouffe.

– Ah ! oui, c'est bien fini entre nous ! c'est bien fini ! – Ah ! mon Dieu, on monte : c'est elle, c'est son pas ; je me précipite en bas du lit, j'allume, j'ouvre.

– C'est toi ! d'où viens-tu ? pourquoi arrives-tu si tard ?

– Ma mère m'a retenue.

– Ta mère !… et tu m'as dit, il y a trois jours, que tu n'allais plus chez elle. Tiens, vois-tu, je suis très mécontent ; si tu ne veux pas venir plus exactement, eh bien…

– Eh bien, quoi ?

– Eh bien, nous nous fâcherons.

– Soit, fâchons-nous tout de suite ; aussi bien, je suis lasse d'être toujours grondée. Si tu n'es pas content, je m'en vais...

Triple lâche, triple imbécile, je l'ai retenue !

VIII

Claudine

Un matin d'avril, vers cinq heures, Just Moravaut, garçon boucher, remonta la rue Régis et se dirigea vers l'une des entrées du marché Saint-Maur. À la même heure, Aristide Spiker, marchand de poissons, sortit de la rue du Cherche-Midi par la rue Bérite et se dirigea vers l'entrée du marché opposée à celle de la rue Gerbillon. Just et Aristide marchèrent l'un vers l'autre et, sans dire mot, se bourrèrent la face de coups de poing. Avant que l'on fut venu les séparer, Just avait un œil gonflé comme un œuf poché et Aristide le nez rouge comme une framboise meurtrie. On les emmena au poste, et chacun d'eux put réfléchir à son aise sur les vicissitudes et horreurs de la guerre.

Une demi-heure après que cette rixe avait mis en émoi tout le marché, la petite Claudine arriva avec sa mère, la maman Turtaine, dans une grande charrette encombrée de légumes. Claudine sauta vivement à terre, caressa le nez du cheval et se mit à courir pour se réchauffer. C'était merveille de la voir se trémousser avec son madras sur la tête, sa grosse robe de burat gris, ses manchettes de couleur et ses sabots bourrés de paille.

Le soleil se levait, jaune comme ces nymphéas qui nagent sur l'eau des étangs ; la brume se dissipait, une bise glaciale sifflait dans l'air, et le vent d'automne sonnait à plein cor ses navrantes fanfares. Les maraîchers arrivaient en foule, soigneusement emmitouflés, la figure enfouie dans une casquette, le nez seul sortant tout violet des plis d'un vieux foulard, les épaules protégées du froid par une couverture de laine grise vergetée de raies noires, les mains enveloppées de gros gants verts. Les uns déchargeaient leur charrette, les autres allaient boire un petit verre chez le marchand de vin, tandis que les chevaux, enchantés de se retrouver, se frottaient les naseaux et hennissaient joyeusement.

La chaussée était encombrée de légumes et de fruits, et un grand potiron, coupé par le milieu et couché sur le dos, arrondissait sa vasque jaune sur la pourpre sombre des pivoines jetées en tas, pêle-mêle, sur le rebord du trottoir.

Trois boutiques étaient seules ouvertes, celles d'un boucher, d'un marchand de vin et d'un pharmacien. La porte vitrée du cabaret était imprégnée d'une buée qui ne laissait voir les buveurs qu'à travers un voile.

Ils ressemblaient ainsi à des ombres chinoises. Ces silhouettes dansaient sur le mur et sur la porte comme sur un drap blanc, les nez se dessinaient bizarrement, les moustaches semblaient démesurées, les barbes devenaient colossales et les chapeaux se cassaient de burlesque façon. Par instants, la porte s'ouvrait, un bruit de voix s'échappait de la salle, et celui qui sortait s'enfonçait les mains dans les poches et courait bien vite à sa boutique ou à sa voiture. Tout en travaillant et buvant, on échangeait le bonjour, on se serrait la main, on gloussait, on riait. Le boucher allumait le gaz, jetait sur le dos de ses garçons des charretées de viande ; sa femme bâillait et lavait avec une éponge la table de marbre de la devanture, pendant que, suspendu par les pieds à des crocs en fer fichés au plafond, le cadavre d'un grand bœuf étalait, sous la lumière crue du gaz, le monstrueux écrin de ses viscères. La tête avait été violemment arrachée du tronc et des bouts de nerfs palpitaient encore, convulsés comme des tronçons de vers, tortillés comme des lisérés. L'estomac tout grand ouvert bâillait atrocement et dégorgeait de sa large fosse des pendeloques d'entrailles rouges. Comme en une serre chaude, une végétation merveilleuse s'épanouissait dans ce cadavre. Des lianes de veines jaillissaient de tous côtés, des ramures échevelées fusaient le long du torse, des floraisons d'intestins déployaient leurs violâtres corolles, et de gros bouquets de graisse éclataient tout blancs sur le rouge fouillis des chairs pantelantes.

Le boucher semblait émerveillé par ce spectacle, et près de lui, sur le trottoir, deux vieux paysans avaient appuyé leurs pipes l'une sur l'autre et tiraient de grosses bouffées. Leurs joues s'enflaient comme des ballons et la fumée leur sortait par les narines. Ils aspirèrent une bonne provision d'air froid pour se rafraîchir la bouche, et mirent un petit morceau de papier sur le tabac qui se prit à grésiller et dessina tout flamboyant de capricieuses arabesques sur le papier qui se consumait.

– Voyons, Claudine, dit la mère Turtaine, tu te réchaufferas aussi bien en déchargeant la voiture qu'en sautant, viens m'aider.

– Voilà, maman. Et elle se mit en face de l'aile gauche de la carriole et reçut dans les bras des bottes de fleurs et de salades. – Dis donc, lui dit une petite paysanne à l'oreille, il paraît que Just et Aristide se sont battus, ce matin : bien sûr pour toi. – Oh ! les vilains garçons ! dit Claudine, dont la petite figure devint triste ; je leur avais tant recommandé d'être sages ! – Ah ! tu es bonne ! mais ils sont comme deux coqs, ils t'aiment tous les deux, et tu ne t'es pas encore décidée à faire un choix. – Mais je ne sais pas, moi ; je les aime autant l'un que l'autre, et maman ne les aime ni l'un ni l'autre, comment veux-tu que je choisisse ?

– Satanée enfant, dit la mère Turtaine, qui sauta lourdement de sa voiture, elle bavarde, elle bavarde, et l'ouvrage n'avance pas. J'aurai aussi vite fait toute seule. Voyons, Claudine, va nettoyer notre case et préparer les chaufferettes. La petite s'éloigna et continua, avec son amie, à disputer des mérites et défauts de ses deux amoureux.

La situation était en effet embarrassante, Claudine les aimait tous deux comme une sœur aimerait deux frères ; mais, dame, de là à choisir entre eux un mari, il y avait loin. Just et Aristide ne se ressemblaient pas comme figure, mais chacun, dans son genre, était aussi beau ou aussi laid que l'autre. Aristide était peut-être plus bel homme, mais il témoignait d'un penchant prononcé pour l'adiposité. Just était moins bien taillé, son encolure était moins large, mais il promettait de rester musculeux, et point trivialement bardé de graisse comme son adversaire. Just avait de jolis cheveux blonds, tout frisottants, mais ils n'étaient pas fournis, et, par endroits, l'on entrevoyait sous le buisson une petite clairière. Aristide avait des cheveux blonds, roides et sans grâce, mais d'une nuance plus tendre ; et puis, c'était une véritable forêt luxuriante, la raie était à peine tracée, comme un tout petit sentier dans une épaisse forêt. Tous deux étaient francs et bons, mais batailleurs ; tous deux n'avaient pas de fortune, mais étaient courageux et ne reculaient pas devant l'ouvrage.

– Enfin, disait la petite Marie, en se posant devant Claudine qui tournait les rubans de son tablier d'un air indécis, cette situation-là ne peut durer, ils finiront par s'égorger. Je parlerai à ta mère, si tu n'oses.

– Oh ! non je t'en prie, ne dis rien, maman me gronderait, leur dirait des sottises et leur défendrait de m'adresser la parole.

– Voyons, Claudine, nous allons peser les qualités et les défauts, les avantages et les désavantages de chacun, et puis nous verrons lequel des deux vaut le mieux ! D'un côté, Aristide est un brave garçon.

– Oui ! oui, pour ça, c'est un brave garçon.

– Mais sais-tu bien qu'il deviendra comme un muid ? et dame ! c'est bien désagréable d'avoir pour mari un homme dont tout le monde plaint la corpulence. Il est vrai, poursuivit-elle, que Just est un brave garçon.

– Oh ! oui, pour ça, c'est un brave garçon.

– Bien, mais sais-tu qu'il demeurera toute sa vie maigre comme un échalas, et, ma foi, je t'avoue qu'il est bien triste de vivre tous les jours avec un homme qui a l'air de mourir de faim.

– De sorte que, reprit en souriant Claudine, le mieux serait d'épouser un mari qui ne fut ni trop gras ni trop maigre ; mais alors il ne faut prendre ni Just ni Aristide.

– Ah ! mais non ! s'écria Marie ; ces garçons t'aiment, il faut au moins que l'un des deux soit heureux.

– Chut ! je me sauve, j'entends maman qui gronde.

– Ah ! bien oui ! disait la mère Turtaine d'une voix courroucée, les mains plantées sur les hanches, le ventre proéminent sous son tablier bleu ; c'est bien la peine d'élever une jeunesse pour qu'elle écoute ainsi les ordres de sa mère ! Elle n'a pas seulement balayé notre place, il n'y a pas moyen de s'y tenir tant il y a d'épluchures.

– Voyons, petite maman, ne me gronde pas, fit sa fille, en prenant un petit air câlin qui ne justifiait que trop l'amour des pauvres garçons pour elle ; je ne bavarderai plus autant, je te le promets.

Elle prépara sa devanture et demeura songeuse. Elle se rappelait maintenant que les deux rivaux s'étaient battus, et que c'était pour cela que ni l'un ni l'autre n'avait balayé son petit réduit, ainsi qu'ils avaient coutume de le faire. Pourvu qu'ils ne se soient pas blessés, pensait-elle, et elle se sentait plus d'inclination pour celui qui aurait le plus souffert.

– Voyons, dit sa mère, je vais chercher notre café ; que tout soit prêt quand je reviendrai, que je puisse déjeuner tranquillement.

– Est-il vrai, dit Claudine à la femme Truchart, sa voisine et tante, que l'on s'est battu ce matin ici ?

– On me l'a dit ; c'est deux mauvais sujets ; on devrait pendre des batailleurs comme ça, ou les mettre dans l'armée, puisqu'ils aiment les coups.

Petite Claudine se tut et cessa la conversation. Un quart d'heure après, la maman arriva, tenant dans chaque main un grand bol plein d'une liqueur fumante et saumâtre.

– Ah ! bien, j'en apprends de belles, cria-t-elle, il paraît que ces deux gredins de Just et d'Aristide se sont battus, ce matin, à cause de toi. Qu'ils s'avisent un peu de rôder autour de nous ! c'est moi qui vais les recevoir ! Et toi, si tu leur adresses la parole ou si tu réponds à leurs discours, tu auras affaire à moi. A-t-on jamais vu !

– La pauvre fille avait le cœur gros et ne pouvait manger ; soudain elle pâlit et renversa la moitié de son bol sur sa jupe : les deux adversaires venaient d'entrer dans le marché, l'un avec son œil bleu, l'autre avec son nez tout écrabouillé. Ils se séparèrent à la porte et chacun s'en fut à sa boutique par une allée différente.

Toute la journée, elle les regardait alternativement, se disant : Le pauvre garçon, comme il doit souffrir avec son visage enflé ! Ce nez turgide et sanglant la désespérait. Puis elle regardait l'autre. A-t-il l'œil abîmé ! murmurait-elle. Et cet œil qui débordait d'un cercle de charbon lui faisait passer de petits frissons dans le dos. Faut-il qu'un homme soit brutal, pensait-elle, pour frapper ainsi un ami aux yeux. Elle se prenait à détester Aristide, puis elle voyait ce nez turgescent, et elle en venait à exécrer le gros Just. Elle y songea toute la nuit et ne put dormir. Que faire, pensait-elle, que faire ? Ce n'est pas de leur faute s'ils m'aiment. Je tâcherai de leur parler demain et je leur ferai promettre de ne plus se battre. Elle s'endormit sur cette heureuse idée et prépara, dans sa petite cervelle, de belles paroles pour les apaiser. Elle s'habilla, le matin, toute songeuse, aida sa mère à atteler le cheval et chemin faisant, de Montrouge au marché, elle repassa son petit discours. La difficulté était de leur parler sans être vue par sa mère. Elle s'ingéniait à trouver des prétextes pour s'échapper un instant de la boutique et parler à chacun d'eux sans être vue par l'autre. Enfin, le hasard me fournira peut-être une occasion et, sur cette pensée consolante, elle fouetta vivement le cheval qui prit le petit trot et fit sonner, dans les rues endormies, les semelles de fer qu'il avait aux pieds.

Les deux rivaux étaient à leur place et se jetaient des regards défiants. Elle eut l'air de ne point les voir, déchargea la voiture et se promit, vers neuf heures, alors que le marché serait rempli de monde, de s'échapper. En effet, vers cette heure, une affluence de femmes mal peignées, couvertes de châles effilochés, jetant un regard de joie sur leurs chiens qui folâtraient dans les ruisseaux, inonda les rues étroites qui enserrent le marché. Sous prétexte de chercher une botte de persil qu'elle avait égarée, Claudine se faufila dans la foule et s'en fut à la boutique de Just. Il pâlit à sa vue, rougit subitement et son œil devint d'un noir plus foncé ; sa boutique était encombrée de clientes, il leur répondait à peine, avait grande envie de les envoyer au diable et n'osait le faire, attendu que son patron était là et le surveillait du coin de l'œil. " Just, lui dit-elle enfin à voix basse, oubliant toutes les belles phrases qu'elle avait préparées, promettez-moi de ne plus vous battre.

– Mais, mademoiselle…

– Promettez-moi, ou je me fâche pour toujours avec vous.

– Je vous le promets, dit-il, tout rouge.

– Merci. " Et elle se sauva en courant et rentra chez sa mère. Un quart d'heure après, elle parvint également à s'enfuir et s'en fut trouver Aristide qui la regarda d'un air effaré, vacilla sur ses jambes, balbutia quelques mots et fut obligé de s'asseoir, au grand ébahissement des acheteuses, qui crurent qu'il se trouvait mal et se mirent à crier. Elle n'eut que le temps de se sauver. " Mon Dieu ! mon Dieu ! murmurait-elle, quel malheur ! Je n'ai pourtant rien fait pour qu'ils m'aiment comme cela, ces pauvres garçons !"

Vers midi, Just s'en vint rôder autour d'elle et lui glissa un petit mot qu'elle s'en fut ouvrir dans la rue : " Je ne puis vivre ainsi, disait-il, je vais vendre mon fonds et quitter le marché. " Ah ! s'écria-t-elle, celui-ci m'aime le plus ; si maman veut, je l'épouse. Un quart d'heure après, comme elle allait chercher du cerfeuil chez une amie, Aristide lui dit : " Mademoiselle Claudine, je vais m'en aller, je suis trop mal heureux.

– Ah ! mon Dieu ! il m'aime autant que l'autre ; c'est désespérant d'être aimée ainsi !" Et, tout en disant cela, elle éprouvait, malgré elle, une certaine joie à se sentir ainsi adorée.

Elle revint plus perplexe encore. Que faire ? Telle était la question qu'elle se posait sans cesse. En attendant, les jours passaient et les amoureux ne partaient pas. Le premier qui partira sera celui qui m'aimera le plus, pensait-elle ; puis elle se reprenait et se disait tout bas : Non, celui qui me quittera le premier pourra vivre sans me voir, donc il m'aimera moins. En attendant, chacun restait à sa place, s'étant fait cette réflexion bien simple que partir c'était laisser le champ libre à son adversaire, qui ne partirait certainement pas. Donc, ils s'observaient et éprouvaient de furieuses tentations de se cribler la figure de nouvelles gourmades.

Malheureusement, cet amour insensé que les petits yeux et les bonnes joues de Claudine avaient allumé dans le cœur des pauvres garçons fut bientôt connu de tout le quartier. Le coiffeur d'en face, enchanté d'avoir une occasion de parler, en promenant ses mains graisseuses et son rasoir non moins graisseux sur la figure de ses clients, entra dans d'interminables discussions sur la beauté et la coquetterie de Claudine. Ces propos, grossissant à mesure qu'ils roulaient de bouche en bouche, ne devaient pas tarder à arriver aux oreilles de la mère Turtaine. Un marché, c'est une miniature de ville de province : on y passe son temps à médire de son prochain et à le piller autant que faire se peut, deux occupations agréables, si jamais il en fut. Les concierges du quartier, las de se plaindre de leurs locataires et de déplorer le sort qui les avait faits concierges, saisirent cette occasion d'interrompre leurs doléances et s'empressèrent de dire pis que pendre de la pauvre fille. Exaspérée par tous ces commérages et par toutes ces médisances, la mère Turtaine résolut de l'envoyer chez sa sœur, à Plaisir, dans le département de Seine-et-Oise.

Claudine partit le cœur gros en priant sa mère de la rappeler bientôt près d'elle. Les premiers jours lui semblèrent bien tristes et elle écrivit à sa mère une lettre dans laquelle elle la suppliait de lui permettre de revenir au marché. Bientôt cette lettre qu'elle désirait tant lui causa de terribles craintes. En quelques soirées son sort avait changé. Un soir qu'elle se promenait près de la tremblaie, elle fit rencontre d'un grand et beau garçon dont la mine éveillée et les allures puissantes lui plurent tout d'abord.

La première fois, il la regarda timidement et, sentant les yeux de la jeune fille fixés sur les siens, il baissa la tête, devint rouge du cou aux oreilles et ne put ouvrir la bouche ; la seconde fois, il osa l'aborder, mais il balbutia comme un imbécile et devint plus rouge encore que la première fois ; la troisième, il ouvrit la bouche, parvint à bredouiller quelques mots, à lui dire qu'il la connaissait, que son père était un grand ami de sa mère, et, depuis ce temps, ils étaient devenus les meilleurs amis du monde.

Le soir, ils s'échappaient, se rencontraient au bas de la côte et se promenaient le long d'un petit ruisseau. Claudine marchait tout doucement, les yeux fixés à terre, les mains dans les poches de son petit tablier, et elle se sentait oppressée de délicieuses épouvantes. Lui la regardait à la dérobée et se mourait d'envie d'embrasser une petite place rose sur laquelle bouffait, comme une touffe d'herbes folles, un petit bouquet de cheveux pâles ; vingt fois il fut sur le point de se pencher et d'effleurer de ses lèvres cette rose moussue, puis, au moment où il se courbait et où sa bouche frôlait les cheveux, Claudine faisait un mouvement, et vite il reprenait son calme et marchait à côté d'elle, maudissant sa timidité, se jurant que la première fois il serait plus hardi. Un soir, ils marchaient tout au bord du ruisseau. La lune avait rejeté sa fourrure de nuées blanches et se mirait dans l'eau ; on eût dit une faucille d'argent posée sur une bande de moire bleue. Notre amoureux s'approcha de Claudine, et, au moment où il allait enfin lui embrasser le cou, il aperçut dans le ruisseau l'image de sa bien-aimée qui souriait de le voir si gauche. Cette fois, il perdit la tête et embrassa si fort la petite place rose, qu'elle en resta blanche pendant quelques secondes et devint subitement rouge.

Tandis que Claudine simulait une colère qu'elle était loin de ressentir, Just et Aristide, que leur commune détresse avait rapprochés, alternaient, en des strophes désolées, sur la bonne mine et les charmes de leur fugitive déité. Néanmoins, comme la plus cuisante douleur finit par se calmer, il arriva qu'un beau jour l'un et l'autre se marièrent. Encore qu'elle ne les aimât point, Claudine ne laissa pas que d'être un peu vexée lorsqu'elle apprit cette nouvelle. – Être si vite oubliée ! les hommes sont donc des monstres.

– Vois-tu, ma fille, lui dit sentencieusement la maman Turtaine qui était venue la rejoindre à Plaisir, plus un homme aime, moins longtemps il reste fidèle ; retiens bien ça.

– Pourvu que mon amant ne m'aime pas autant que Just et Aristide ! pensa Claudine, et elle lui défendit de l'aimer. " Si tu m'aimes beaucoup, je ne t'épouse pas, dit-elle.

– Mais…

– C'est à prendre ou à laisser.

– J'accepte : il est donc bien entendu, Claudine, que je ne t'aime point, que je te déteste.

– Ah ! mais non, je ne te demande pas de me détester, je veux seulement que tu ne m'aimes pas beaucoup tout d'abord.

– Et ensuite ?…

– Ensuite, nous verrons."

Quinze jours après, le mariage eut lieu.

Ah ! Claudine, la petite place rose est restée rouge depuis cette époque, et votre mari ne vous aime pas ! mais quelle couleur arborera-t-elle, alors qu'il vous aimera et que vous lui permettrez de faire sonner sur elle le grelot des baisers ?

IX
Le hareng saur

Ta robe, ô hareng, c'est la palette des soleils couchants, la patine du vieux cuivre, le ton d'or bruni des cuirs de Cordoue, les teintes de santal et de safran des feuillages d'automne !

Ta tête, ô hareng, flamboie comme un casque d'or, et l'on dirait de tes yeux des clous noirs plantés dans des cercles de cuivre !

Toutes les nuances tristes et mornes, toutes les nuances rayonnantes et gaies amortissent et illuminent tour à tour ta robe d'écailles.

À côté des bitumes, des terres de Judée et de Cassel, des ombres brûlées et des verts de Scheele, des bruns Van Dyck et des bronzes florentins, des teintes de rouille et de feuille morte, resplendissent, de tout leur éclat, les ors verdis, les ambres jaunes, les orpins, les ocres de rhu, les chromes, les oranges de mars !

Ô miroitant et terne enfumé, quand je contemple ta cotte de mailles, je pense aux tableaux de Rembrandt, je revois ses têtes superbes, ses chairs ensoleillées, ses scintillements de bijoux sur le velours noir ; je revois ses jets de lumière dans la nuit, ses traînées de poudre d'or dans l'ombre, ses éclosions de soleils sous les noirs arceaux !

X

Ballade chlorotique

Mollement drapé d'un camail de nuées grises, le crépuscule déroulait ses brumeuses tentures sur la pourpre fondante d'un soleil couchant.

Elle s'avançait lentement, souriant d'un sourire vague, balançant sa taille mince dans une robe blanche piquée de pois rouges. Ses joues se tachaient par instants de plaques purpurines et ses longs cheveux ondoyaient sur ses épaules, roulant dans leurs flots sombres des roses blanches et des mauves.

Un peuple de jeunes gens et de jeunes filles la regardaient venir, fascinés par son œil creux, par son rire maladif. Elle marchait sur eux, les étreignait de ses petits bras et collait furieusement ses lèvres contre leur bouche. Ils haletaient et frissonnaient de tout leur corps ; hors d'haleine, éperdus, hurlant de douleur, ils se tordaient sous le vent de son baiser comme des herbes sous le souffle d'un orage.

Des mères désolées embrassaient ses genoux, serraient ses mains pleuraient de longs sanglots, et elle, impassible, pâle, l'œil fixe, plein de lueurs mouillées, les mains moites, les seins dardant leurs pointes, les repoussait doucement et continuait sa route.

Une jeune fille se traînait à ses pieds, tenant sa poitrine a deux mains, râlant, crachant le sang. Grâce ! criait-elle, grâce ! ô phtisie ! aie pitié de ma mère, aie pitié de ma jeunesse ! mais la goule implacable la serrait dans ses bras et picorait sur ses lèvres de longs baisers.

La victime palpitait faiblement encore ; elle l'étreignit plus étroitement et choqua ses dents contre les siennes ; le corps se convulsa faiblement, puis demeura froid, inerte, et les joues se couvrirent de teintes glauques, de vapeurs livides.

Alors la déesse voleta lourdement, de pâles rayons jaillirent de ses prunelles et baignèrent de glacis bleuâtres les joues blanches de la morte.

Mollement drapé d'un camail de nuées grises, le crépuscule déroulait ses brumeuses tentures sur la pourpre fondante d'un soleil couchant.

XI
Variation sur un air connu

Il pleut, il pleut, bergère ; presse tes blancs moutons : l'orage hurle, la pluie raie le ciel de fils gris, les éclairs strient de jets blancs les nuages qui se heurtent et s'écroulent ; rentre tes blancs moutons.

Les pauvres bêtes bêlent désespérément et lèvent au ciel leurs têtes hagardes ; elles courent, éclaboussent d'eau leur robe grise, se précipitent les unes sur les autres, s'enchevêtrent les pattes, tombent, se relèvent, bondissent comme une houle, tandis que le grand chien noir, ébouriffé, trempé jusqu'aux os, les frôle en baissant la tête et en grognant.

Ô ma petite bergère, que tu es changée ! Toi si mignarde, si frétillante, tu ne sautes plus dans l'herbe avec tes bas de soie brodés et tes mignonnes mules de satin rose, tu ne pinces plus de tes jolis doigts ta jupe qui bouillonne et crépite à chacun de tes sauts, tu clapotes lourdement dans l'eau avec des souliers gauchis et des pieds énormes ! Ta face béate, cuivrée par le soleil, bouffie par la graisse, se détache, déplorablement rouge, des ailes d'un chapeau amolli et boueux ; tes cheveux incultes ne fleurent plus les excitantes senteurs de la maréchale, et tes yeux si bizarrement lutins, dans leur cercle de pastel, ne décèlent plus que le grossier hébétement d'une fille de ferme !

Ô Estelle ! si Némorin, qui devait aller chez ton père lui demander ta main, te voyait si fantastiquement enlaidie, crois-tu qu'il s'écrierait : " En corset, qu'elle est belle ! Ô ma mère, voyez-la !" Hélas ! lui aussi est bien changé ! Au lieu d'un galant cavalier au pourpoint céladon, agrémenté de bouffettes roses, aux chausses lilas ou jaune tendre, je vois un gros vacher vêtu d'une souquenille érodée, délavée et racornie par la pluie et le soleil.

Où donc est ta houlette enrubannée de faveurs bleues ? ô Némorin ! Où donc ta panetière, ta chemisette godronnée ? ô Estelle ! Où donc surtout ta taille fringante, ton regard enjôleur, plein de menteuses mignotises ?

Las ! tout cet exquis et pimpant attirail a disparu depuis longtemps ! Ces ondoiements de jupes, ces bruissements de linge, ces cliquetis de pierres fines, ces sifflements de la soie dans des forêts de théâtre, sous des feuillages bleutés, ont disparu pour jamais !

Et pourtant tu voudras peut-être les revêtir, ces falbalas que je regrette, maritorne joufflue ! Tu feras comme tes sœurs, comme tes aînées, tu iras à Paris, et ta robuste armature y fléchira sous le poids des grandes saouleries et des combats lubriques ! Et qui sait si, un soir de mi-carême, lasse de traîner en vain sur l'asphalte des trottoirs tes charmes frelatés et malsains, tu ne décrocheras pas dans l'arrière-boutique du fripier la défroque des bergères de Watteau que tu iras promener dans un bal, à la recherche d'une pâture incertaine ?

Ah ! mieux eût valu pour toi garder tes haillons de paysanne, mieux eût valu rester dans ton village, car tu regretteras plus d'une fois le temps où tu gardais les moutons ; plus d'une fois tu te sentiras obsédée par d'invincibles malaises, alors que ce refrain retentira dans ton âme, pleine de rancunes et de détresses :

Il pleut, il pleut, bergère ; presse tes blancs moutons : l'orage hurle, la pluie raie le ciel de fils gris, les éclairs strient de jets blancs les nuages qui se heurtent et s'écroulent ; rentre tes blancs moutons.

XII
L'extase

La nuit était venue, la lune émergeait de l'horizon, étalant sur le pavé bleu du ciel sa robe couleur soufre.

J'étais assis près de ma bien-aimée, oh ! bien près ! Je serrais ses mains, j'aspirais la tiède senteur de son cou, le souffle enivrant de sa bouche, je me serrais contre son épaule, j'avais envie de pleurer ; l'extase me tenait palpitant, éperdu, mon âme volait à tire d'aile sur la mer de l'infini.

Tout à coup elle se leva, dégagea sa main, disparut dans la charmoie, et j'entendis comme un crépitement de pluie dans la feuillée.

Le rêve délicieux s'évanouit… ; je retombais sur la terre, sur l'ignoble terre. Ô mon Dieu ! c'était donc vrai, elle, la divine aimée, elle était, comme les autres, l'esclave de vulgaires besoins !

XIII
Ballade

En l'honneur de ma tant douce tourmente

Joaillier, choisis dans ta coupe tes pierres les plus précieuses, fais-les ruisseler entre tes doigts, embrase en gerbes multicolores les flammes des diamants et des rubis, des émeraudes et des topazes ; jamais leurs folles étincelles ne pétilleront comme les yeux de ma brune madone, comme les yeux de ma tant douce tourmente !

Les yeux de ma mie versent de morbides pâmoisons, de câlines stupeurs ! Ils flamboient comme des vesprées et reflètent, au déduit, les tons phosphorescents de la mer houleuse, le féerique scintillement des mouvantes lucioles dans les nuits d'orage.

Les yeux de ma mie rompent les plus fermes volontés : c'est le vin capiteux qui coule à plein bord, c'est le philtre qui charrie le vertige, c'est la vapeur de chanvre qui affole, c'est l'opium qui fait vaciller l'âme et la traîne, éperdue, dans d'inquiétantes hallucinations, dans de paradisiaques béatitudes.

Et qu'importe ! ivresse, vertige, enchantement, délire, je veux les boire jusqu'à l'extase dans ces coupes alléchantes, je veux assoupir mes angoisses, je veux étouffer mes rancœurs dans les chaudes fumées de ton haleine, dans l'inaltérable splendeur de tes grands yeux, ô brune charmeresse !

Je veux boire l'oubli, l'irrémissible oubli, sur tes lèvres veloutées, sur ces fleurs turbulentes de ton sang ! Je veux entrouvrir leurs rouges corolles et en faire jaillir, dans un rehaut de lumière, tes dents, tes dents qui provoquent aux luttes libertines, tes dents qui mordent cruellement les cœurs, tes dents qui sonnent furieusement la charge des baisers !

Joaillier, choisis dans ta coupe tes pierres les plus précieuses, fais-les ruisseler entre tes doigts, embrase en gerbes multicolores les flammes des grenats et des améthystes, des saphirs et des chrysoprases ; jamais leurs folles étincelles ne pétilleront comme les yeux de ma bonne madone, comme les yeux de ma tant douce tourmente !

XIV

La rive gauche

Las du bruissement des foules, dégoûté des criailleries des histrionnes d'amour, je vais me promener sur le boulevard Montparnasse ; je gagne la rue de la Santé, la rue du Pot-au-Lait et les chemins vagues qui longent la Bièvre. Cette petite rivière, si bleue à Buc, est d'un noir de suie à Paris. Quelquefois même elle exhale des relents de bourbe et de vieux cuir, mais elle est presque toujours bordée de deux bandes de hauts peupliers et encadrée d'aspects bizarrement tristes qui évoquent en moi comme de lointains souvenirs, ou comme les rythmes désolés de la musique de Schubert. Quelle rue étrange que cette rue du Pot-au-Lait ! déserte, étranglée, descendant par une pente rapide dans une grande voie inhabitée, aux pavés enchâssés dans la boue ; le ruisseau court au milieu de la rue et charrie dans ses petites cascades des îlots d'épluchures de légumes qui tigrent de vert les eaux noirâtres. Les maisons qui la bordent s'appuient et se serrent les unes contre les autres. Les volets sont fermés ; les portes closes sont émaillées de gros clous, et parfois un peuple de petits galopins, au nez sale, aux cheveux frisés, se traînent sur les genoux, malgré les observations de leurs mères et jouent une longue partie de billes. Il faut les voir, accroupis, montrant leur petite culotte rapiécée, du fond de laquelle s'échappe un drapeau blanc, s'appuyant de la main gauche à terre et lançant dans un gros trou une petite bille. Ils se relèvent, sautillent, poussent des cris de joie, tandis que le partner, un petit bambin aussi mal accoutré, fait une mine boudeuse et observe avec inquiétude l'adresse de son adversaire. Une lanterne, suspendue en l'air par des cordes accrochées à deux maisons qui se font face, éclaire la rue, le soir. Il y a quelque temps, ces cordes se rompirent et le réverbère fut rattaché par mille petites ficelles qui aidèrent les grosses cordes à en soutenir le poids. On eût dit de la lanterne, au milieu de ce treillis de cordelettes, une gigantesque araignée tissant sa toile. Une fois engagé dans la longue route qui rejoint cette ruelle, vous arrivez, après quelques minutes de marche, près d'un petit étang, moiré de follicules vertes. On croirait être devant un étrange gazon, si parfois des grenouilles ne sautaient des herbes et ne faisaient clapoter et rejaillir sur le feuillage des gouttelettes d'eau brune.

La vue est bornée. D'un côté, la Bièvre et une rangée d'ormes et de peupliers ; de l'autre, les remparts. Des linges bariolés qui sèchent sur lune corde, un âne qui remue les oreilles et se bat les flancs de sa queue pour chasser les mouches ; un peu plus loin, une hutte de sauvage, bâtie avec quelques lattes, crépie de mortier, coiffée d'un bonnet de chaume, percée d'un tuyau pour laisser échapper la fumée : c'est tout. C'est navrant, et pourtant cette solitude ne manque pas de charme. Ce n'est pas la campagne des environs de Paris, polluée par les ébats des courtauds de boutique, ces bois qui regorgent de monde, le dimanche, et dont les taillis sont semés de papiers gras et de culs de bouteilles ; ce n'est pas la vraie campagne, si verte, si rieuse au clair soleil ; c'est un monde à part, triste, aride, mais par cela même solitaire et charmant. Quelques ouvriers ou quelques femmes qui passent, un panier au bras, à la main un enfant qui se fait traîner et traîne lui-même un petit chariot en bois, peint en bleu, avec des roues jaunes, rompent seuls la monotonie de la route. Parfois, le dimanche, devant un petit cabaret dont l'auvent est festonné de pampres d'un vert cru et de gros raisins bleus, une famille de jongleurs vient donner des représentations en face des buveurs attablés en dehors. J'en vis une fois trois, tous jeunes, et une fille, au teint couleur d'ambre, aux grands yeux effarés, noirs comme des obsidiennes. Ils avaient établi une corde frottée de craie, reposant sur deux poteaux en forme d'X. Un drôle, à la face lamentablement laide, tournait pendant ce temps la bobinette d'un orgue. De tous côtés je voyais courir des enfants ; ils arrivaient tout en sueur, se rangeaient en cercle et attendaient avec une visible impatience le commencement des exercices. Les saltimbanques furent bientôt prêts : ils se ceignirent le front d'une bandelette rose, lamée de papillons de cuivre, firent craquer leurs jointures et s'élancèrent sur la corde.

Ils débutaient dans le métier et, après quelques tordions, ils s'épatèrent sur les pavés au risque de se rompre les os. La foule s'esbaudit. Un pauvre petit diable qui était tombé se releva avec peine, en se frottant le râble. Il souffrait atrocement et, malgré d'héroïques efforts, deux grosses larmes lui jaillirent des yeux et coulèrent sur ses joues. Ses frères le rebutèrent et sa sœur se mit à rire et lui tourna le dos.

Soudain, un grand vieillard, que j'aurais à peine entrevu et que j'appris être le père de cette lignée, s'avança tenant à la main un gobelet d'étain et fit la quête, qu'il versa sur un lambeau de tapis. Son tour allait venir. Son fils aîné étendit un chiffon sur le pavé ; le vieux se posa debout, les bras en l'air, et attendit ainsi quelques secondes. J'eus alors tout loisir pour l'examiner.

C'était un homme âgé d'une cinquantaine d'années environ. Ses bras nus étaient entourés, comme de menottes, de bracelets de fourrure, et un léger caleçon, en imitation de peau de tigre, jaspé de paillettes d'acier, enveloppait ses reins et le haut de ses cuisses. La peau de son crâne était fendillée comme une terre trop cuite et ses sourcils épais retombaient sur ses yeux, meurtris d'auréoles de bistre. Ses fils apportèrent des poids que l'on présenta aux assistants. Ils n'étaient point en carton saupoudré de limaille, mais bien en fer. On les posa devant ses pieds, il se courba et les saisit. Les muscles de son cou s'enflaient et sillonnaient sa chair comme de grosses cordes. Il se redressa et jongla avec ces masses comme avec des balles de son, les recevant, tantôt sur le biceps, tantôt sur le dos, entre les deux épaules. Cet athlète avait l'air morne de ces vieilles rosses qui tournent, toute la journée, une meule. Quelques tours d'adresse, quelques sauts périlleux terminèrent la séance, et la troupe entra au cabaret et se fit servir à boire.

Il était tard. Le soleil se couchait et les nuages qui l'entouraient semblaient éclaboussés de gouttelettes de sang ; il était temps de dîner, j'entrai dans le cabaret et m'attablai à côté d'un gros chat que je caressai et qui me râpa la main avec sa langue. On me servit un dîner mangeable, et, arrivé au moment où l'on roule une cigarette, en prenant son café, je regardai les buveurs qui peuplaient ce bouge.

Les bateleurs étaient assis à gauche ; le vieux ronflait, le nez dans son verre ; la fille chantait et vidait des rouges bords, et en face d'eux un ivrogne qui s'était chauffé l'armet jusqu'au rouge cerise se racontait à lui-même des histoires si drôles qu'il en riait à se tordre. Je payai mon écot et m'en allai le long de la route, tout doucement. J'atteignis bientôt la rue de la Gaîté. Je sortais de chemins peu fréquentés, et je tombais dans une des rues les plus bruyantes. Des refrains de quadrilles s'échappaient des croisées ouvertes ; de grandes affiches, placées à la porte d'un café-concert, annonçaient les débuts de Mme Adèle, chanteuse de genre, et la rentrée de M. Adolphe, comique excentrique ; plus loin, à la montre d'un marchand de vins, se dressaient des édifices d'escargots, aux chairs blondes persillées de vert ; enfin, çà et là, des pâtissiers étalaient à leurs vitrines des multitudes de gâteaux, les uns en forme de dôme, les autres aplatis et coiffés d'une gelée rosâtre et tremblotante, ceux-ci striés de rayures brunes, ceux-là éventrés et montrant des chairs épaisses d'un jaune soufre. Cette rue justifiait bien son joyeux nom. Tandis que je regardais de tous mes yeux et me demandais si j'allais entrer dans un bal ou dans un concert, je me sens frapper sur l'épaule et j'aperçois un mien ami, un peintre, à la recherche de types fantasques. Enchantés de nous retrouver, nous voguons de conserve, remontons la rue et entrons dans un bal. Quel singulier assemblage que ces bals d'ouvriers ! Un mélange de petites ouvrières et de nymphes saturniennes, soûles pour la plupart et battant les murs ; des mères de famille avec de petits bébés qui rient et sautent de joie, de braves ouvriers qui s'amusent pour leur argent, et de vils proxénètes. Les filles dansaient et les papas et les mamans buvaient du vin chaud dans les saladiers en porcelaine épaisse. Les enfants se hissaient sur les tables, battaient des mains, riaient, jappaient, appelaient leur grande sœur qui leur souriait et venait les embrasser dès que la ritournelle était finie.

Mais l'heure s'avançait et nous voulions aller au concert ; nous sortîmes et entrâmes dans une allée éclairée au gaz et terminée par une porte en velours pisseux. La salle était grande, ornée en haut de masques grimaçants d'un rouge brique avec des cheveux d'un vert criard. Ces masques avaient évidemment la fatuité de représenter les emblèmes de la comédie. La scène était haute et spacieuse, l'orchestre se composait d'une dizaine de musiciens. Chut ! silence ! la toile se lève, les violons entament un air plaintif, entremêlé de coups de cymbales et de trémolos de flûtes, et un monsieur en habit noir, orné de gants presque propres, l'air fatal, le teint livide, la bouche légèrement dépouillée de ses dents, paraît. Des applaudissements éclatent à la galerie d'en haut, assez mal composée, nous devons le dire. Nous sommes en face d'un premier ténor, Diantre ! recueillons-nous. Je ne sais trop, à vrai dire, ce qu'il chante : il brame certains mots et avale les autres. De temps en temps, il jette d'une voix stridente le mot : l'Alsace ! On applaudit et il semble convaincu qu'il chante de la musique. Cinq couplets défilent à la suite, puis il fait un profond salut, le bras gauche ballant, la main droite posée sur la poitrine, arrive à la porte du fond, se retourne, fait un nouveau salut et se retire. Des applaudissements frénétiques éclatent de tous côtés, on crie : *bis*, on frappe des pieds, l'orchestre rejoue les premières mesures de la chanson, et le ténor reparaît, s'incline et dégouzille, de son fausset le plus aigu, le couplet de la chanson le plus poivré de chauvinisme ; puis il s'incline de nouveau et se sauve poursuivi par de bruyantes acclamations. Les cris s'éteignent peu à peu, les musiciens causent et s'essuient les mains, et moi j'admire, posée devant moi sur un corps de déjeté, la figure enluminée d'un vieil ivrogne. Quelle richesse de ton ! quel superbe coloris ! Cet homme appartenait évidemment à l'aristocratie des biberons, car il écartelait de gueules sur champ de sable, et ce n'était assurément pas avec du vermillon et du noir de pêche qu'il s'était blasonné le mufle, mais bien avec la fine fleur du vin et le pur hâle de la crasse.

Je suis distrait, hélas ! de ma contemplation par un éclat de cymbales et un roulement de grosse caisse. La porte du fond s'ouvre à deux battants et une femme obèse, au corsage largement échancré, s'avance jusqu'au trou du souffleur, se dandine et braille, en gesticulant :

Ah ! rendez-moi mon militaire !

Cette chanson est idiote et canaille ; eh bien ! à tout prendre, j'aime encore mieux cette ineptie que ces désolantes chansons où le petit oiseau fait la cour à la mousse et où "ton œil plein de larmes" se bat dans des simulacres de vers avec une rime tristement maladive. Il était onze heures quand nous sortîmes.

– Eh bien ! dit mon ami, puisque nous avons tant fait que de visiter ce quartier, allons jusqu'au bout, allons chez le marchand de vins ; qui sait ? ce sera peut-être drôle. Nous étions justement en face de celui à la vitrine duquel se prélassaient des bataillons d'escargots. La boutique était pleine ; nous nous faufilons et gagnons une petite salle, au fond, où nous trouvons deux places, entre un charbonnier étonnamment laid et deux petites filles également laides qui dévorent à belles dents des plats d'escargots. Soudain, tous les consommateurs se lèvent et livrent passage a un petit homme, porteur d'une mandoline.

Nous étions, ainsi que je l'appris plus tard, en face de Charles, le fameux chanteur populaire.

Je dessine sa figure en toute hâte. Imaginez une tête falote, un front très haut, velu et gras ; un nez retroussé, malin, fureteur, s'agitant par saccades ; une moustache en brosse, une bouche lippue, couleur d'aubergine, et des oreilles énormes, plaquées sur les tempes, comme des oreilles d'Indou ; un teint fantastique, vert pomme par endroits, jaune safran par d'autres ; une voix étonnante, descendant jusqu'aux notes les plus basses, nasillant dans les tons ordinaires. Il était vêtu d'un paletot pointillé de noir et de brun, roide au collet, déchiqueté aux poches, et d'un pantalon aux teintes de bitume. Il tenait à la main gauche une grande mandoline, appuyait son menton près des cordes et chatouillait de la main droite le ventre de l'instrument qui gémissait de larmoyante façon. Il se cambrait et regardait autour de lui avec fierté. Il chanta de sa plus forte voix *le Chant de la Canaille*, recueillit les plus précieux suffrages, avala un verre de vin que je lui présentai et se disposait à sortir quand il fut rappelé et instamment prié de régaler les assistants de : *Châteaudun*. Il chantait les couplets et tout le monde reprenait en chœur le refrain :

> Les canons vomissaient la foudre
> Sur Châteaudun...Qu'importe à ce pays !
> Il préfère se voir en poudre
> Que de se rendre aux Prussiens ennemis !

Sa chanson terminée, il sortit. Nous en fîmes autant et allâmes nous coucher.

XV
À maître François Villon

Je me figure, ô vieux maître, ton visage exsangue, coiffé d'un galeux bicoquet ; je me figure ton ventre vague, tes longs bras osseux, tes jambes héronnières enroulées de bas d'un rose louche, étoilés de déchirures, papelonnés d'écailles de boue.

Je crois te voir, ô Villon, l'hiver, alors que le glas fourre d'hermine les toits des maisons, errer dans les rues de Paris, famélique, hagard, grelottant, en arrêt devant les marchands de beuverie, caressant, de convoiteux regards, la panse monacale des bouteilles.

Je crois te voir, exténué de fatigue, las de misère, te tapir dans un des repaires de la cour des Miracles, pour échapper aux archers du guet, et là, seul dans un coin, ouvrir, loin de tous, le merveilleux écrin de ton génie.

Quel magique ruissellement de pierres ! Quel étrange fourmillement de feux ! Quelles étonnantes cassures d'étoffes rudes et rousses ! Quelles folles striures de couleurs vives et mornes ! Et quand ton œuvre était finie, quand ta ballade était tissée et se déroulait, irisée de tons éclatants, sertie de diamants et de trivials cailloux, qui en faisaient mieux ressortir encore la limpidité sereine, tu te sentais grand, incomparable, l'égal d'un dieu, et puis tu retombais à néant, la faim te tordait les entrailles, et tu devenais le vulgaire tire-laine, l'ignominieux amant de la grosse Margot !

Tu détroussais le passant, on te jetait dans un cul de basse-fosse, et, là-bas, enterré, plié en deux, crevant de faim, tu criais grâce, pitié ! tu appelais à l'aide tes compaings de galles, les francs-gaultiers, les ribleurs, les coquillarts, les marmonneux, les cagnardiers !

Le laisserez là, le povre Villon ! Allons, madones d'amour qu'il a chantées, hahay ! Margot, Rose, Jehanne la Saulcissière, hahay ! Guillemette, Marion la Peau-tarde, hahay ! la petite Macée, hahay ! toute la folle quenaille des ribaudes, des truandes, des grivoises, des raillardes, des villotières ! Excitez les hommes, réveillez les biberons, entraînez-les au secours de leur chef, le poète Villon !

Las ! Les fossés sont profonds, les tours sont hautes, les piques des haquebutiers sont aiguës, le vin coule, la cervoise pétille, le feu flambe, les filles sont gorgées de hideuses saouleries : ô pauvre Villon, personne ne bouge !

Claque des dents, meurtris tes mains, guermente-toi, pleure d'angoisseux gémissements, tes amis ne t'écoutent pas ; ils sont à la taverne, sous les tréteaux, ivres d'hypocras, crevés de mangeailles, inertes, débraillés, fétides, couchés les uns sur les autres, Frémin l'Etourdi sur le bon Jehan Cotard qui se rigole encore et remue les badigoinces, Michault Cul d'Oue sur ce gros lippu de Beaulde. Tes maîtresses se moquent bien de toi ! elles sont dans les bouges de la Cité qui s'ébattent avec les écoliers et les soudards. Le cerveau atteint du mal de pique, le nez grafiné de horions, elles frottent leur rouge museau sur les joues des buveurs et se rincent galantement la fale !

Oh ! tu es seul et bien seul ! Meurs donc, larron ; crève donc dans ta fosse, souteneur de gouges ; tu n'en seras pas moins immortel, poète grandiosement fangeux, ciseleur inimitable du vers, joaillier non pareil de la ballade !

XVI

Adrien Brauwer

I

Deux compagnons, l'un maigre et élancé comme une cigogne, l'autre obèse et ventru comme un muid, galopent sur la route de Flandre, en pétunant dans de longues pipes. Leur mine est rien moins qu'honnête. Le grand a la figure régulière, mais ravagée par les orgies, l'air hautain et distingué ; le gros a l'air commun, la face purpurée, le nez étincelant comme une braise et fleuri de pompettes écarlates. Quant à l'accoutrement des deux sires, il tombe en lambeaux. L'homme maigre est vêtu d'un pourpoint qui, jadis, a dû réjouir les belles par ses teintes incarnadines ; mais la poussière et les libations l'ont revêtu de tons roux et fuligineux ; ses grègues baissent le nez piteusement, ses souliers sont feuilletés et rient à semelles déployées. Le gros, vêtu de loques dont on ne saurait définir la nuance exacte, a pourtant des chausses dont la couleur primitive a dû être un jaune citrin agrémenté de rubans pers, mais elles sont si vieillies, si fourbues, si usées, que nous n'oserions assurer qu'elles aient eu ces teintes agréables dans leur jeunesse.

– C'est étonnant, dit le gros, comme la poussière vous sèche le gosier ! qu'un broc de cervoise serait bienvenu ! Hé ! mon maître, invoquez le divin Gambrinus pour qu'il conduise nos pas à un cabaret.

– Eh ! dit Brauwer, tu sais bien que les incomparables Kaatje et Barbara ont vidé nos poches à Anvers.

– Bah ! tu peindras un tableau, et nous boirons à notre soif.

– Non, dit le maître, j'ai créé assez de chefs-d'œuvre laissés dans les cabarets pour payer les breuvages. À ton tour, Krœsbeck, peins et paie l'écot.

– Hélas ! tu sais bien que j'ai les bras encore endoloris des coups que j'ai reçus pour avoir voulu embrasser la jolie Betje.

– C'est vrai, dit Brauwer en riant, mais ne discutons pas davantage : voici un cabaret, buvons d'abord, nous verrons à payer ensuite.

Ils entrèrent. La salle était pleine et tellement enfumée qu'on aurait pu y saurer des harengs. Les jambes allongées, le feutre enfoncé jusqu'aux yeux, des personnages en guenilles fumaient à perdre haleine et buvaient en criant et se disputant. Une servante en train de guéer du linge dans la salle voisine rythmait à coups de palettes les chansons que nasillaient quelques-uns de ces marauds. Coutumiers de semblable spectacle, le maître et l'élève ne s'en étonnèrent pas et, pendant quelque temps, pétunèrent et vidèrent tant de pintes qu'ils conquirent l'admiration des malandrins qui peuplaient ce bouge ; puis Krœsbeck poussa son maître du coude et lui dit : "S'il ne s'agissait que de boire, la terre serait un paradis ; mais il faut payer. Voyons, fais un tableau." Brauwer poussa un soupir et, prenant une petite toile, se mit à peindre vivement la tabagie.

Ce tableau, vous le connaissez. Il est au Louvre. Le personnage le plus saillant est un buveur assis sur une barrique renversée et nous tournant le dos. Le rustre a tant de fois pétuné et tant de fois vidé de larges vidrecomes qu'il a été choir, nez en avant, sur la table qui lui sert d'appui. Sa chemise a remonté et sort toute bouffante entre son haut-de-chausse jaune paille et son pourpoint gris fer ; un autre maraud, plus intrépide, nous n'osons dire plus sobre, allume sa pipe à un brasier rougeâtre et semble absorbé par cette grave occupation. Un troisième nous présente son profil camard et souffle au plafond un nuage de fumée tourbillonnante. Enfin, apparaissent, dans la brume qui enveloppe la tabagie, quelques paysans causant avec une petite fille qui se laisse sans répugnance embrasser par l'un de ces truands.

– Parfait ! s'écria Krœsbeck, en se posant devant le tableau. Ah ! Adrien, tu as le don du génie. Hals, ton maître, n'était qu'un enfant auprès de toi. Hélas ! jamais je ne t'égalerai. Et le pauvre Krœsbeck alla s'asseoir dans un coin, d'un air tout contrit.

Les buveurs étaient partis presque tous. La nuit était venue et l'on n'entendait que le crépitement de la pluie sur les vitres et le pétillement des fagots dans l'âtre. La porte s'ouvrit, et un homme de haute taille entra et vint s'asseoir au coin du feu. Au bout de quelques instants, il se leva et vint se placer derrière Brauwer. "Eh ! bien maître, dit-il, comment vous portez-vous ?" Notre peintre, qui, pour beaucoup de raisons, ne s'entendait jamais appeler sans effroi, regarda timidement son interlocuteur et reconnut M. de Vermandois, un riche seigneur qui, le premier, lui avait payé en reluisants ducatons un de ses petits chefs-d'œuvre, alors qu'il fuyait la maison de son maître. "Il est charmant, ce tableau ! reprit le gentilhomme ; je l'achète ; le prix que vous fixerez sera le mien, apportez-le-moi demain matin." Puis, comme la pluie avait cessé, il sortit, faisant de la main à Brauwer un geste amical.

Tout joyeux de cette aubaine, le peintre fit frémir d'un coup de poing les brocs et les verres qui couvraient la table et redemanda de la bière. "Hé ! que dis-tu de cela, Joseph ? s'écria-t-il, nous sommes riches, livrons-nous à de francs soulas, buvons papaliter." Mais Krœsbeck avait disparu. "Où diable est-il ?" murmura notre héros, qui se leva en chancelant ; mais il buta du pied contre une masse énorme qui, le nez aplati contre le plancher, les bras étendus, les jambes écartées, ronflait mélodieusement ; c'était le digne Joseph qui avait roulé sous la table et venait d'ajouter sans doute un nouveau rubis aux innombrables fleurons qui décoraient son nez. Brauwer le regarda avec attendrissement et, bredouillant et dodelinant la tête, alla choir sur un escabeau où il s'endormit.

II

–... À propos de Van Dyck, dit M. de Vermandois, j'ai vu son maître dernièrement. Il regrette, non moins vivement que moi, que vous ayez quitté son palais pour aller, à l'aventure, courir les cabarets et les auberges.

– C'est vrai, dit Brauwer ; Rubens s'est conduit avec moi comme un véritable ami, comme un grand artiste ; mais ses disciples vêtus de soie et de velours m'intimidaient. Aurais-je pu peindre, dans ce somptueux atelier, ces trognes grimaçantes, ces haillons bizarres, ces postures si grotesques et si naturelles de l'ivrogne qu'elles vous font involontairement sourire ; aurais-je pu rendre avec autant de verve cette réalité pittoresque que vous admirez ? Que voulez-vous ! l'inspiration me désertait sous les lambris, elle me hantait dans les tripots.

À ce moment, la porte s'ouvrit, et une jeune fille parut et fit mine de se retirer en voyant son père causer avec un inconnu.

Sur un signe de M. de Vermandois, elle entra. Brauwer fut ébloui ; lui qui n'avait jamais fréquenté que des filles de joie, il resta muet d'admiration devant cette charmante jeune fille. Encadrez un ovale d'une pureté raphaélesque de grandes tresses mordorées, imaginez de grands yeux bleu turquoise, une bouche rouge comme l'aile du flamant, vous n'aurez qu'un faible aperçu de la jolie Jenny.

Le peintre comprit qu'on pouvait être heureux sans vivre dans les bordeaux et faire carrousse avec de joyeux vauriens. Il se promit de quitter sa vie aventureuse et peut-être, pensait-il, parviendrai-je, grâce à mon génie, à ne point lui déplaire. Il quitta cette maison, les larmes aux yeux, et loua une mansarde où, pendant trois jours, il s'enferma. Le troisième jour, malgré quelques regrets, il résista au désir d'aller retrouver son compagnon, l'ex-boulanger Krœsbeck. Il se mit à la fenêtre, alluma sa pipe et regarda dans la rue. Son gîte était mal choisi : un cabaret faisait face à la chambre qu'il habitait, regorgeant de buveurs et d'éhontés tortillons. Au milieu d'eux, un homme à l'encolure puissante, au bedon piriforme, au nez tout emperlé, lançait d'épaisses bouffées et suçait avec de doux vagissements les goulots d'une énorme guédousle. Sa grosse figure rayonnait d'aise. "Tiens, se dit Brauwer, Krœsbeck est ici ! Il s'est donc décidé à peindre et à payer l'écot ?" Puis il le regarda boire et un sourire d'envie passa sur ses lèvres. Il s'éloigna de la fenêtre et voulut se remettre à travailler. Il n'y put tenir, il regarda de nouveau dans la rue. Son élève l'aperçut.

– Oh ! oh ! oh ! dit-il sur trois tons différents ; et, poussant un cri Joyeux, il l'appela. Pour le coup, c'était trop. Brauwer descendit quatre à quatre, et, saisissant un broc, il le vida, la face épanouie, l'œil pétillant. Une heure après, il dormait dans un coin, complètement ivre.

Le réveil fut moins gai. Il fit silencieusement un paquet de ses hardes et quitta la ville le soir même.

Quinze jours après, il était de retour à Anvers et mourait à l'hôpital. Cet homme de génie fut enterré dans le cimetière des pestiférés, sur une couche de chaux vive.

XVII

Cornelius Bega

Dans les premiers jours du mois de février 1620, naquit à Haarlem, du mariage de Cornélius Bégyn, sculpteur sur bois, et de Marie Cornélisz, sa femme, un enfant du sexe masculin qui reçut le prénom de Cornélius.

Je ne vous dirai point si le dit enfant piaula de lamentable façon, s'il fut turbulent ou calme, je l'ignore ; peu vous importe d'ailleurs et à moi aussi ; tout ce que je sais, c'est qu'à l'âge de dix-huit ans, il témoigna d'un goût immodéré pour les arts, les femmes grasses et la bière double.

Le vieux Bégyn et le père de sa femme, le célèbre peintre Cornélisz Van Haarlem, encouragèrent le premier de ces penchants et combattirent vainement les deux autres.

Marie Cornélisz, qui était femme pieuse et versée dans la société des abbés et des moines, essaya, par l'intermédiaire de ces révérends personnages, de ramener son fils dans une voie meilleure. Ce fut peine perdue. Cornélius était plus apte à crier : Tope et masse ! à moi, compagnons, buvons ce piot, ha ! Guillemette la rousse, montrez vos blancs tétins ! qu'à marmotter d'une voix papelarde des patenôtres ou des oraisons.

Menaces, coups, prières, rien n'y fit. Dès qu'il apercevait la cotte d'une paillarde, se moulant en beaux plis serrés le long de fortes hanches, il perdait la tête et courait après la paillarde, laissant là pinceau et palette, pot de grès et broc d'étain. Encore qu'il fût passionné pour la peinture et la beuverie et qu'il admirât plus qu'aucun les chefs-d'œuvre de Rembrandt et de Hals, et la magnifique ordonnance de tonneaux et de muids bien ventrus, il était plus énamouré encore de lèvres soyeuses et roses, d'épaules charnues et blanches comme les nivéoles qui fleurissent au printemps.

Enfin, quoi qu'il en fût, espérant que la raison viendrait avec l'âge et que l'amour de l'art maîtriserait ces déplorables passions, son père le fit admettre dans l'atelier des Van Ostade. Cornélius ne pouvait trouver un meilleur maître, mais il ne pouvait trouver aussi des camarades plus disposés à courir au four banal et à boire avec les galloises et autres mauvaises filles, folles de leur corps, que ses compagnons d'études, Dusart, Gœbauw, Musscher et les autres.

Sa gaieté et ses franches allures leur plurent tout d'abord, et ils se livrèrent, pour célébrer sa bienvenue, à de telles ripailles que la ville entière en fut scandalisée.

Furieux de voir traîner son nom dans les lieux les plus mal famés de Haarlem, le vieux Bégyn défendit à son fils de le porter, et le chassa de chez lui.

Cornélius resta quelques instants pantois et déconcerté, puis il enfonça d'un coup de poing son feutre sur sa tête et s'en fut à la taverne du Houx-Vert où se réunissait la joyeuse confrérie des buveurs.

– Ce qui est fait est fait, clama de sa voix de galoubet aigu le peintre Dusart, lorsqu'il apprit la mésaventure de son ami ; puisque ton père te défend de porter son nom, nous allons te baptiser. Veux-tu t'appeler Béga ?

– Soit, dit le jeune homme ; aussi bien je veux illustrer ce nom ; à partir d'aujourd'hui je renonce aux tripots et aux franches repues, je travaille.

Un immense éclat de rire emplit le cabaret. "Tu déraisonnes, crièrent ses amis. Est-ce qu'Ostade ne boit pas ? est-ce que le grand Hals n'est pas un ivrogne fieffé ? est-ce que Brauwer ne fait pas tous les soirs topazes sur l'ongle avec des pintes de bière ? cela l'empêche-t-il d'avoir du génie ? Non ! eh bien ! fais comme eux : travaille, mais bois."

– Ores ça, et moi, dit Marion la grosse, qui se planta vis-à-vis de Cornélius, est-ce qu'on n'embrassera plus les bonnes joues de sa Marion ?

– Eh, vrai Dieu ! si, je le voudrai toujours ! répliqua le jeune homme, qui baisa les grands yeux orange de sa maîtresse et oublia ses belles résolutions aussi vite qu'il les avait prises.

– Ça, qu'on le baptise ! criait le peintre Musscher, juché sur un tonneau. Hôtelier, apporte ta bière la plus forte, ton genièvre le plus épicé, que nous arrosions, non point la tête, mais, comme il convient à d'honnêtes biberons, le gosier du néophyte.

L'hôtelier ne se le fit pas dire deux fois ; il charria, avec l'aide de ses garçons, une grande barrique de bière, et Béga, flanqué d'un côté de son parrain Dusart, de l'autre de sa marraine Marion la grosse, s'avança du fond de la salle jusqu'aux fonts baptismaux, c'est-à-dire jusqu'à la cuve, où l'attendait l'hôtelier, faisant fonctions de grand prêtre.

Planté sur ses petites jambes massives, roulant de gros yeux verdâtres comme du jade, frottant avec sa manche son petit nez loupeux qui luisait comme bosse de cuivre, balayant de sa large langue ses grosses lèvres humides, cet honorable personnage se lança sans hésiter dans les spirales d'un long discours qui ne tendait rien moins qu'à démontrer l'influence heureuse de la bière et du skidam sur le cerveau des artistes en général et sur celui des peintres en particulier. De longs applaudissements scandèrent les périodes de l'orateur et, après une chaude allocution de la marraine qui scanda elle-même, par de retentissants baisers, appliqués sur les joues de Cornélius, et par des points d'orgue hasardeux, les phrases enrubannées de son discours, le défilé commença aux accents harmonieux d'un violon pleurard et d'une vielle grinçante.

Une année durant, Béga continua à mener joyeuse vie avec ses compagnons ; le malheur, c'est qu'il n'avait pas le tempérament de Brauwer, dont le lumineux génie résista aux plus folles débauches. L'impuissance vint vite ; quoi qu'il fît, quoi qu'il s'ingéniât à produire, c'était de la piquette d'Ostade ; il trempait d'eau la forte bière du vieux maître.

Il en brisa ses pinceaux de rage. Revenu de tout, dégoûté de ses amis, méprisant les filles, reconnaissant enfin qu'une maîtresse est une ennemie et que, plus on fait de sacrifices pour elle, moins elle vous en a de reconnaissance, il s'isola de toutes et de tous et vécut dans la plus complète solitude.

Sa mélancolie s'en accrut encore, et, un soir, plus triste et plus harassé que de coutume, il résolut d'en finir et se dirigea vers la rivière. Il longeait la berge et regardait, en frissonnant, l'eau qui bouillonnait sous les arches du pont. Il allait prendre son élan et sauter, quand il entendit derrière lui un profond soupir et, se retournant, se trouva face à face avec une jeune fille qui pleurait. Il lui demanda la cause de ses larmes et, sur ses instances et ses prières, elle finit par lui avouer que, lasse de supporter les brutalités de sa famille, elle était venue à la rivière avec l'intention de s'y jeter.

Leur commune détresse rapprocha ces deux malheureux, qui s'aimèrent et se consolèrent l'un l'autre. Béga n'était plus reconnaissable. Cet homme qui, un mois auparavant, était la proie de lancinantes angoisses, d'inexorables remords, se prit enfin à goûter les tranquilles délices d'une vie calme. Pour comble de bonheur, son talent se réveilla en même temps que sa jeunesse, et c'est de cette époque que sont datées ses meilleures toiles.

Tout souriait au jeune ménage, honneurs et argent se décidaient enfin à venir, quand soudain la peste éclata dans Haarlem.

La pauvre fille en fut atteinte. Béga s'installa à son chevet et ne la quitta plus. La mort était proche. Il voulut se jeter dans les bras de sa bien-aimée, la serrer contre sa poitrine, respirer l'haleine de sa bouche, mourir sur son sein : ses amis l'en empêchèrent. "Je veux mourir avec elle, criait-il, je veux mourir !" Il supplia ceux qui le retenaient de lui rendre sa liberté. "Je vous jure, dit-il, que je ne l'approcherai point." Il prit alors un bâton, en posa une des extrémités sur la bouche de la mourante et la supplia de l'embrasser. Elle sourit tristement et lui obéit ; par trois fois elle effleura le bâton de ses lèvres ; alors il le porta vivement aux siennes et les colla furieusement à la place qu'elle avait baisée.

41

Honbraken, qui rapporte ce fait, ajoute que, frappé de douleur, Béga fut lui-même atteint de la peste, et qu'il expira quelques jours après.

XVIII
L'émailleuse

Un beau matin, le poète Amilcar enfonça sur sa tête son chapeau noir, un chapeau célèbre, d'une hauteur prodigieuse, d'une envergure insolite, plein de plats et de méplats, de rides et de bosses, de crevasses et de meurtrissures, mit dans une poche, sise au-dessous de sa mamelle gauche, une pipe en terre à long col et s'achemina vers le nouveau domicile qu'avait choisi un sien ami, le peintre José.

Il le trouva couché sur un éboulement de coussins, l'œil morne, la figure blafarde.

– Tu es malade, lui dit-il.

– Non.

– Tu vas bien alors ?

– Non.

– Tu es amoureux

– Oui.

– Patatras ! et de qui ? bon Dieu !

– D'une Chinoise.

– D'une Chinoise ? tu es amoureux d'une Chinoise !

– Je suis amoureux d'une Chinoise.

Amilcar s'affaissa sur l'unique chaise qui meublait la chambre.

– Mais enfin, clama-t-il lorsqu'il fut revenu de sa stupeur, où l'as-tu rencontrée, cette Chinoise ?

– Ici, à deux pas, là, derrière ce mur. Écoute, je l'ai suivie un soir, j'ai su qu'elle demeurait ici avec son père, j'ai loué la chambre contiguë à la sienne, je lui ai écrit une lettre à laquelle elle n'a pas encore répondu, mais j'ai appris par la concierge son nom : elle s'appelle Ophélie. Oh ! si tu savais comme elle est belle, cria-t-il en se levant ; un teint d'orange mûrie, une bouche aussi rose que la chair des pastèques, des yeux noirs comme du jayet !

Amilcar lui serra la main d'un air désolé et s'en fut annoncer à ses amis que José était devenu fou.

À peine eut-il franchi la porte, que celui-ci fit dans la muraille un petit trou avec une vrille et se mit aux aguets, espérant bien voir sa douce déité. Il était huit heures du matin, rien ne bougeait dans la chambre voisine ; il commençait à se désespérer quand un bâillement se fit entendre, un bruit retentit, le bruit d'un corps sautant a terre, et une jeune fille parut dans le cercle que son œil pouvait embrasser. Il reçut un grand coup dans l'estomac et manqua défaillir. C'était elle et ce n'était pas elle ; c'était une Française qui ressemblait, autant que peut ressembler une Française à une Chinoise, à la fille jaune dont le regard l'avait bouleversé. Et pourtant c'était bien le même œil câlin et profond, mais la peau était terne et pâle, le rouge de la bouche s'était amorti ; enfin, c'était une Européenne ! Il descendit l'escalier précipitamment. "Ophélie a donc une sœur ?" dit-il à la concierge.

– Non.

– Mais elle n'est pas Chinoise alors ?

– La concierge éclata de rire. "Comment, pas Chinoise ! ah çà ! est-ce que j'ai une figure comme elle, moi qui ne suis pas née en Chine ?" poursuivit le vieux monstre en mirant sa peau ridée dans un miroir trouble. José restait debout, effaré, stupide, quand une voix forte fit tressaillir les carreaux de la loge. "Mlle Ophélie est là ?" José se retourna et vit en face de lui, non une figure de vieux reître, comme semblait l'indiquer la voix, mais celle d'une vieille femme, gonflée comme une outre, le nez chevauché par d'énormes besicles, la bouche dessinant dans la bouffissure des chairs de capricieux zigzags. Sur la réponse affirmative de la portière, cette femme monta, et José s'aperçut qu'elle tenait à la main une boîte en toile cirée. Il s'élança sur ses pas, mais la porte se referma sur elle ; alors il se précipita dans sa chambre et colla son œil contre le trou qu'il avait percé dans la cloison.

Ophélie s'assit, lui tournant le dos, devant une grande glace, et la femme, s'étant débarrassée de son tartan, ouvrit sa valise et en tira un grand nombre de petites boites d'estompes et de brosses. Puis, soulevant la tête d'Ophélie comme si elle la voulait raser, elle étendit avec un petit pinceau une pâte d'un jaune rosé sur la figure de la jeune fille, brossa doucement la peau, pétrit un petit morceau de cire devant le feu, rectifia le nez, assortissant la teinte avec celle de la figure, soudant avec un blanc laiteux le morceau artificiel du nez avec la chair du véritable ; enfin elle prit ses estompes, les frotta sur la poudre des boites, étendit une légère couche de bleu pâle sous l'œil noir qui se creusa et s'allongea vers les tempes. La toilette terminée, elle se recula à distance pour mieux juger de l'effet, dodelina la tête, revint vers son pastel qu'elle retoucha, resserra ses outils, et, après avoir pressé la main d'Ophélie sortit en reniflant.

José était inerte, les bras lui en étaient tombés. Eh quoi ! c'était un tableau qu'il avait aimé, un déguisement de bal masqué ! Il finit cependant par reprendre ses sens et courut à la recherche de l'émailleuse. Elle était déjà au bout de la rue ; il bouscula tout le monde, courut à travers les voitures et la rejoignit enfin. "Que signifie tout cela ? cria-t-il ; qui êtes-vous ? pourquoi la transfigurez-vous en Chinoise ?"

– Je suis émailleuse, mon cher Monsieur ; voici ma carte ; toute à votre service si vous avez besoin de moi.

– Eh ! il s'agit bien de votre carte ! cria le peintre tout haletant ; je vous en prie, expliquez-moi le motif de cette comédie.

– Oh ! pour ça, si vous y tenez et si vous êtes assez honnête pour offrir à une pauvre vieille artiste un petit verre de ratafia, je vous dirai tout au long pourquoi, tous les matins, je viens peindre Ophélie.

– Allons, dit José, en la poussant dans un cabaret et en l'installant sur une chaise, dans un cabinet particulier, voici du ratafia, parlez.

– Je vous dirai tout d'abord, commença-t-elle, que je suis émailleuse fort habile ; au reste, vous avez pu voir… Ah çà mais, à propos, comment avez-vous vu ?…

– Peu importe, cela ne peut vous regarder, continuez.

– Eh bien ! je vous disais donc que j'étais une émailleuse fort habile et que si jamais vous…

– Au fait ! au fait ! cria José furieux.

– Ne vous emportez pas, voyons, là, vous savez bien que la colère…

– Mais tu me fais bouillir, misérable ! hurla le peintre qui se sentait de furieuses envies de l'étrangler, parleras-tu ?

– Ah ! mais pardon, jeune homme, je ne sais pourquoi vous vous permettez de me tutoyer et de m'appeler misérable ; je vous préviens tout d'abord que si…

– Ah ! mon Dieu, gémit le pauvre garçon en frappant du pied il y a de quoi devenir fou.

– Voyons, jeune homme, taisez-vous et je continue ; surtout ne m'interrompez pas, ajouta-t-elle en dégustant son verre. Je vous disais donc…

– Que vous étiez une émailleuse fort habile ; oui, je le sais, j'ai votre carte ; voyons, passons : pourquoi Ophélie se fait-elle peindre en Chinoise ?

– Mon Dieu, que vous êtes impatient ! Connaissez-vous l'homme qui habite avec elle ?

– Son père ?

– Non. D'abord, ce n'est pas son vrai père, mais bien son père adoptif.

– C'est un Chinois ?

– Pas le moins du monde ; il est Chinois comme vous et moi ; mais il a vécu longtemps dans le Thibet et y a fait fortune. Cet homme, qui est un brave et honnête homme, je vous avouerai même qu'il ressemble un peu à mon défunt qui…

– Oui, oui, vous me l'avez déjà dit.

– Bah ! dit la femme, en le regardant avec stupeur, je vous ai parlé d'Isidore ?

45

– De grâce, laissons Isidore dans sa tombe, buvez votre ratafia et continuez.

– Tiens, c'est drôle ; il me semble pourtant que… Enfin, peu importe, je vous disais donc que c'était un brave et digne homme. Il se maria là-bas avec une Chinoise qui l'a planté là au bout d'un mois de mariage. Il faillit devenir fou, car il aimait sa femme, et ses amis durent le faire revenir en France au plus vite. Il se rétablit peu à peu et, un soir, il a trouvé dans la rue, défaillante de froid et de faim, prête à se livrer pour un morceau de pain, une jeune fille dont les yeux avaient la même expression que ceux de sa femme. Elle lui ressemblait même comme grandeur et comme taille ; c'est alors qu'il lui a proposé de lui laisser toute sa fortune si elle consentait à se laisser peindre tous les matins. Il est venu me trouver, et chaque jour, à huit heures, je la déguise ; il arrive à dix heures et déjeune avec elle. Jamais plus, depuis le jour où il l'a recueillie, il ne l'a vue telle qu'elle est réellement. Voilà ; maintenant, je me sauve, car j'ai de l'ouvrage. Bonsoir, Monsieur.

Il resta abruti, inerte, sentant ses idées lui échapper. Il rentra chez lui dans un état à faire pitié.

Amilcar arriva sur ces entrefaites, suivi d'un de ses amis qui était médecin. Ils eurent toutes les peines du monde à faire sortir de sa torpeur le malheureux José, qui ne parlait rien moins que de s'aller jeter dans la Seine.

– Ce n'est, ma foi ! pas la peine de se noyer pour si peu, dit derrière eux une petite voix aigrelette ; je suis Ophélie, mon gros père, et ne suis point si cruelle que je vous laisse mourir d'amour pour moi. Profitons, si vous voulez, de l'absence du vieux, pour aller visiter les magasins de soieries. J'ai justement envie d'une robe ; je vous autoriserai à me l'offrir.

– Oh ! non, cria le peintre, profondément révolté par cette espèce de marché, je suis guéri à tout jamais de mon amour.

Entendre de telles paroles sortir de la bouche de sa bien-aimée ou recevoir sur la tête une douche d'eau froide, l'effet est le même, observa le poète Amilcar, qui dégringola les escaliers et, chemin faisant, rima immédiatement un sonnet qu'il envoya le lendemain à la belle enfant, sous ce titre quelque peu satirique :

Ô Fleur de nénuphar !

Pages retrouvées
autour des fortifications

LE POINT DU JOUR

La banlieue est maintenant le dernier asile des intimistes que les Américaines, parures du nouveau Paris, effarent. Combien de gens épris de petits coins encore curieux, attirés par un simulacre de campagne, par une apparence de jardin, erraient, le dimanche, dans les quartiers pauvres, se donnant l'illusion d'un peu de campagne, la persuasion d'un air plus tonique et plus vif, près des remparts ! D'aucuns trouvaient même à ces sites râpés, à ces arbustes poudreux, à ces arbres malingres, un charme morbide plus capiteux que celui des paysages mieux portants et plus valides. Qui n'a, en effet, remarqué que bien des femmes, communes et rougeaudes, s'affinent lorsqu'une maladie s'abat sur elles et se prolonge ? Qui n'a suivi les terribles équarrissements corporels de la douleur, les pâleurs délicates et les grâces subtiles des convalescences ? Et il semble que la banlieue de Paris relève toujours d'un mal épuisant qui la mine, et que son côté populaire s'atténue et s'effile dans une attitude alanguie, dans une mine dolente.

Les intimistes à qui bien souvent ces réflexions sont venues, éprouvent un indéfinissable malaise sur ces longs et larges boulevards qui ont remplacé les rues quiètes et serrées du temps jadis ; volontairement, ils se détournent de ces casernes qui se succèdent le long des trottoirs et dont la vue monotone afflige. Où que l'œil se pose, le sentiment d'une richesse factice et d'un goût faux s'affirme. Les magasins, autrefois bons enfants, ont fait place à des halls austères où la discussion sur les prix fixés détonne.

Et cette transformation s'est étendue à tous les commerces, à toutes les rues, et les quartiers pauvres ont, eux aussi, abattu leurs ruelles où des arbres passaient par-dessus des murs, élevé de glaciales avenues, bâti des maisons neuves, maquillées au blanc de plâtre, fardées au rouge de brique, emphatiquement coiffées de chapeaux à la mode, en zinc.

C'est à peine si, dans le fond de Vaugirard et de Grenelle, du côté des Gobelins et de la Bièvre, dans la rue des Partants, près de Charonne, dans la ceinture du Paris nord, près du canal de l'Ourcq, au bout de la Seine, là-bas au Point-du-Jour, quelques venelles courent encore le long de champs raccourcis par des routes neuves : avant qu'elles aussi ne s'effondrent, une promenade lente dans ces parages que bornent les talus gazonnés des remparts, peut insinuer de suggestives méditations à ceux que lassent les spectacles prévus des quartiers riches, à ceux qui trouvent encore une sieste d'âme en se plongeant dans un bain de foule et en s'essuyant, en quelque sorte, à l'abri, plus loin, dans un coin plus désert, dont le silence égaie.

Ces promenades sont fécondes en apaisements et en rêveries, mais pour les esprits que ne hante aucun songe, pour les esprits auxquels les convoitises renouvelées du négoce suffisent, cette atmosphère que dégage la banlieue se change en une distraction et un repos auxquels se mêle la turbulence des enfants lâchés, grisés par un peu d'air.

Parmi ces lieux de rendez-vous où la gaieté des pauvres gens éclate, le Point-du-Jour est un des plus fréquentés. Les facilités peu dispendieuses des bateaux-mouches aident à la vogue de cet endroit, que les affûts de la police en quête de bonneteaux n'ont pu tarer.

Qu'il y ait, dans cette horde de familles qui s'entasse sur les deux rives, quelques gredins épars, quelques pierreuses égarées, cela est sur ; mais, en somme, ni les uns ni les autres ne donnent une couleur spéciale au Point-du-Jour, dont la nuance ouvrière et petite bourgeoise est des plus tranchées et des plus nettes.

Il faut y aller, un dimanche, pour assister au sincère spectacle de cette banlieue en fête, puis les jours de soleil moyen, de splendides firmaments se reflètent dans cette Seine, dont les eaux renversent la course pommelée des nuages !

En se plaçant sur le parapet du pont, au-dessous de la voie de Ceinture, dont les trains roulent, au-dessus de votre tête, avec un grondement rapproché de foudre, l'on embrasse d'un coup d'œil l'horizon hors Paris, un horizon vite limité, du reste, par des masses de bois qui s'escaladent et tailladent le ciel de leurs inégales cimes. En face, plus bas, en dessous de ces taillis où brillent, au soleil, comme des flaques d'eau, des toits disséminés de zinc, l'île de Billancourt s'étend entre les deux bras de la Seine dans laquelle ses arbres, comme plantés à rebours, la tête en bas, frémissent, brouillés par l'écume des Hirondelles et des Express. Puis ce sont les deux rives qui courent et se perdent dans un coude, une rive en liesse, à droite pleine de guinguettes, sérieuse à gauche, avec son chantier de bateaux et ses monceaux d'hélices couchées, sur la berge, près de chaudières déjà rongées de rouille. Enfin, au-dessus de l'eau, au-dessus de l'horizon, là-bas, un ciel immense où de profonds et pâles nuages ont l'air d'Alpes blanches, d'Alpes suspendues dans un bleu sans base.

Mais, la contemplation de ce firmament, dont les nuées s'écardent et débloquent lentement l'azur, est presque aussitôt distraite ; des cris, des sons d'orgue, des coups de carabine partent et vous font forcément tourner la tête.

En bas, de l'autre côté du pont, en face du débarcadère des Mouches, la foule grouille, amassée devant des tirs, enfouie sous des tonnelles, engouffrée dans des salles de cafés-concerts.

C'est là que la fête du dimanche bat le plein ; partout des restaurants arborant de fallacieuses étiquettes : "Matelotes, lapins, fritures, vin de Bourgogne et piccolo à 1 franc le litre," et partout des tables sont mises sous des tonnelles dont les verts squelettes sont à peine habillés de feuilles. Des annonces de repas de corps, de noces et de festins, s'étalent sur le fronton des plus fastueux qui affichent, comme une promesse de belle tenue et de fine chère, des serviettes pliées en bateaux, en éventails, en petits canards, en fleurs, des serviettes sculptées par ces surprenants garçons de marchands de vins, dénués de favoris et porteurs d'une moustache en brosse à dents sous un nez dont les ailes rougies se piquent. Partout, des tirs avec un œuf perché sur un jet d'eau, et les épaules des assistants s'entassent, tandis que des détonations se succèdent, sans qu'une pipe tombe, sans que l'œuf atteint cesse sa gigue. – Des gens s'enfoncent des doigts entre les lèvres et sifflent : "Par ici ! Viens donc !... Hé Louis !" Et des bateaux débarquent de nouvelles fournées de monde ; les tables des jardinets s'emplissent, les garçons volent sur le gravier, jonglent avec des consommations toutes versées dans des verres, s'élancent, une pièce d'argent dans la bouche, et jettent au galop la monnaie sur les tables mal calées qui boitent ; des enfants, charriés dans de petites voitures amarrées sous des bosquets, se réveillent et piaillent ; des serpents en caoutchouc, dont la queue trempe dans des bouteilles, sont amorcés par d'indulgentes mères, que l'affreuse grimace de leurs enfants enchante ; une fois le biberon chargé d'eau blanche, le piaulement se tait et la maman achève, en compagnie du papa, de vider son litre. Ces joies simples ancrent le célibataire dans sa volonté désormais affermie de ne pas procréer de mioches, de ne pas rouler de petites voitures, de ne pas assister aux mutations des serviettes et aux épinglements des langes ; des bribes de musique flottent dans le jardin, le silence se rétablit pendant quelques secondes ; on écoute des tronçons de chansonnettes qui s'échappent du concert voisin, au travers d'une voix pointue, comme assaisonnée d'aigre échalote.

Dehors, des ribambelles de couples arrêtés regardent les séduisantes annonces des beuglants, – Café-Concert des Bateaux-Omnibus ; Café-Concert du Cadran. – Les gens se tâtent : dans lequel entrer ? Tous deux semblent immenses ; ils étalent des façades en bois peinturluré, découpées à la mécanique, bâties à la diable, déteintes par tous les soleils et par toutes les pluies. Une senteur foraine s'exhale de ces baraques mal assises, qu'on s'imaginerait devoir être emportées, quelque soir, à la suite d'un train de maringottes, dans les bagages d'un cirque ou d'un champ de foire ; si vastes qu'elles soient, elles sont pleines. – Je pénètre néanmoins dans l'une d'elles, et des garçons trop empressés me poussent, dans mon intérêt, du reste, à m'installer aux plus chères places. – Je regarde autour de moi ; on dirait d'un intérieur gigantesque de bateau, avec le toit, cerclé en bois comme une cabine, des galeries en haut, éclairées par des lucarnes pareilles à des hublots. Sans le vouloir bien résolument peut-être, l'on a assorti l'architecture de cette bâtisse à l'étiquette qui la décore : Concert des Bateaux-Omnibus.

Le public se divise en deux catégories qui se frôlent, mais ne se fondent point : en haut, du peuple en casquette de soie ou en casquette américaine, à visière droite, – quelques femmes en cheveux, des enfants sur des genoux, des brûle-gueule qui charbonnent, des chiques qui fusent. En bas, de la petite bourgeoisie de boutique, des ménages endimanchés, très propres ; des chapeaux melon, des redingotes noires sans un pli, en bois, avec des collets qui remontent dans les oreilles, des redingotes dont la provenance du Pont-Neuf ou de Godchaux est sûre. Le brûle-gueule a disparu, il est remplacé par la pipe en bruyère et en écume. La distinction ne va pas jusqu'au cigare. – Un ou deux pourtant fument, épandant une odeur de choux dans des fentes poilues de bouches, des cigares à 5 centimes, nidoreux et mous. Il est certain que ces assistants ont mis les volets de leur boutique, emporté dans leur poche le bec-de-cane et que, jusqu'à l'heure du dîner, ils vont s'ébattre, pour oublier les transactions, le paiement des broches, les achats disputés, les difficiles ventes.

Au reste, leur allégresse semble moins frelatée, mieux en chair, plus franche que celle des ouvriers, plus bruyants et plus sombres ; cela tient, sans doute, à ce que les petits détaillants ne font point le lundi, sont plus enchaînés dans leurs boutiques qu'ils ne peuvent quitter et au fond de laquelle ils couchent ; puis, ils prennent moins souvent l'air que l'artisan, dont les courses quotidiennes du logis à l'atelier sont parfois longues.

Aussi, quelle indulgence de gens décidés quand même à s'amuser pour les médiocres baladins qui braillent en scène ! – Quel idéal aisément assouvi leur donne le décor de ce salon traditionnel, avec une fausse cheminée surmontée d'une glace peinte en étain, la fenêtre coutumière au fond, les deux inéluctables portes ! Le décor a beau s'érailler, les meubles laisser, sous les plaques détruites, passer le sapin détraqué du bois, ils s'enchantent, ébaubis par le luxe de ce salon auquel ils croient.

Quand j'entrai, la scène était vide et l'orchestre se démenait sous la conduite d'un homme assis qui ramait l'air avec une canne. – Puis une femme entra. – Ce n'était plus la robe à traîne des concerts de Paris, la jupe de soirée et les longs gants. Elle était vêtue d'un corsage de velours décolleté, laissant les bras à nu, dessinant une pointe sur le ventre, couvert jusqu'aux genoux d'une robe quelconque, sous laquelle passaient des bas en filoselle couleur de rose. Au cou, aux bras, des bijoux trop massifs, trop pavés de pierres pour être vrais, – puis des mitaines tricotées en soie blanche, prenant de la naissance des doigts au bas du coude. L'aspect était intéressant. – Le théâtre joué en plein jour, sans rampe allumée de gaz, étonne. Les jeux de lumière qui caressent la femme et font valoir le granulé de la poudre et la sauce des fards ne sont plus. Brutalement le soleil fonce les traits, montre le grain de la peau, teint ces épidermes en lilas ou en orange. Il semble, en effet, que les femmes surtout, si réparées le soir, ont la jaunisse ou que le sang refoulé monte à leur tête ; les hommes sont purement hideux, avec leurs mentons bleus et leurs physionomies de crapules, dont les rides s'accusent au jour frisant, mal réparti par les hublots du toit et par les baies des portes. La femme, qui chantait une gauloiserie quelconque, eût été jolie le soir : c'était une forte brune, un peu hommasse, qui minaudait en sautillant. Encore qu'elle fût gravée par l'âge et que le repoussoir du velours sombre et de ses cheveux trop mats rendît sa peau plus jaune, elle exalta les galeries, qu'elle inondait d'œillades. Elle bramait je ne sais quoi, une histoire d'amoureux timide, jargonnant des déclarations à des mijaurées. La salle applaudit, heureuse des équivoques qui saupoudraient ces couplets gratinés d'ordure. Un brouhaha s'éleva dans la fumée des pipes, alors qu'envoyant des révérences et des baisers, elle se sauvait dans la coulisse, poursuivie, comme par un encens de gloire, par les crépitements des pieds et des mains battant dans des bandes de poussière, balafrées par des rais de jour.

Il y eut un temps de silence dont les garçons de café profitèrent pour réclamer le prix des consommations : 1 fr.25 le bock, qu'on n'est point, heureusement, obligé de boire.

Puis un homme entra, joufflu, ventripotent, énorme, déguisé en soldat Pitou, avec son képi haut de trois étages, enfoncé sur la nuque. Ainsi que des fusées d'artifice, des cris de joie partirent, alors qu'il mit la main sur la couture du pantalon et remua des yeux dont les paupières étaient peintes avec du blanc de talc. Il attendit, puis avança un bras et, d'une voix surhumaine où gargouillaient des ruisseaux traversés par des sons de cuivre, il entama la complainte d'un factionnaire qui a mangé du melon. Ces allusions stercoraires, ces paillettes de garde-robe, enthousiasmèrent la salle, qui se tordit, gagnèrent jusqu'aux garçons, qui ouvrirent des bouches à y mettre des poings. Il fut rappelé trois fois et dut se défendre pour ne point répéter encore ses scatologiques gaudrioles. Une femme lui succéda, arborant des chairs lilas, montrant des flammes blanches de dents, ne lançant aucun filet de voix. Alors les assistants, de bonne humeur, se réjouirent, lancèrent une ovation, crièrent *bis*, ravis de ne rien entendre.

Puis les fronts se rembrunirent : un vieillard entrait, appuyé sur une canne, habillé en paysan d'opéra-comique avec des bas chinés et une culotte à boucle. Il avait un crâne poli comme une boule, un sinciput chauve, puis, tout autour, des cheveux blancs, tels que les porta feu Béranger. Il tenait à la main un livre cartonné de classe, et la musique broyait de la tristesse, remuait des trémolos à fendre l'âme.

De temps à autre, ce vieillard flageolait et branlait la tête, dont le faux front mal soudé montrait sa raie. D'une voix caverneuse, il chanta qu'il était un paysan riche, mais qu'il n'était pas heureux, et, lamentable, il détaillait ce touchant refrain :

> De moi vous pouvez rire,
> Mes chers petits enfants,
> J'ai plus de soixante ans,
> Pourtant j'apprends à lire !
> Car il est toujours temps
> D'cesser d'être ignorants,
> De moi vous pouvez rire :
> J'apprends à lire... ire !

La salle était émue ; – quand ce Béranger de coulisse parla de l'instruction obligatoire, ce fut un torrent d'enthousiasme ; tous les consommateurs, qui préféraient, sans nul doute, à la lecture si vantée par le chanteur, le culottage des pipes et l'absorption des bocks, admirèrent ces patriotiques sentiments et révélèrent les beautés inattendues de leur âme, en applaudissant de tous leurs bras. Je jugeai le moment opportun pour aller humer un air moins chargé de tabac et de bruit.

Je sortis et, traversant le viaduc d'Auteuil, je m'engageai sur la rive droite de la Seine ; la journée était blonde, pâlement ensoleillée, et des points d'or pétillaient dans l'eau verte, dès qu'un nuage écardé laissait filtrer des lueurs. Le vacarme du Point-du-Jour s'affaiblissait ; – je longeais les fortifications, sur la route encore peuplée de guinguettes et de cafés, mais ces établissements devenaient plus campagnards et plus simples, – puis il y avait comme une toute petite rade où naviguait une flottille de canots et un minuscule chantier où ronflait l'équipe en chauffe des express. Je fus soudain confondu : un troupeau de vaches était là, des vaches blanches, marbrées de café au lait et de roux ; elles paissaient des débris de vaisselle et des tessons de fioles ; plus loin, une chèvre qui me parut vivante mangeait les papiers gras et les enveloppes boyaudières des saucissons usés. C'est à peine s'il y avait, sur la lande râpée où ces bêtes broutaient, une touffe d'herbe ; je les regardai, ne pouvant me décider à croire qu'elles fussent vraies ; moins incrédule, un peintre installé sous un parasol s'essayait à dessiner leurs formes grêles, leurs pis en sonnette, les salières creusées des deux côtés de la queue qui battait comme si elles se fussent trouvées à la campagne, pour écarter des mouches ; et, non loin de là, mon étonnement s'accrut encore.

Dans un champ, de la grandeur d'un mouchoir de poche, un écriteau pendait au bout d'une perche : "Défense d'entrer dans les récoltes." Dans les récoltes de quoi, Seigneur ! Il n'y avait que des chardons et des ronces, et, çà et là, de beaux pissenlits sauvages dont les légères boules s'époilaient au vent ; au reste, le long du chemin, à ma gauche, des terrains incultes s'étendaient, hérisses d'orties et parsemés de morceaux de briques. Tous étaient à vendre et, dans Paris, des gens rêvaient peut-être sur ces terrains, songeant à de prochaines plus-values, à de lucratives ventes, à d'abondants gains ; par intervalles, des baraques s'élevaient, construites en bois de démolition, où l'on vendait à boire, puis un gymnase ouvert où des gamins s'essayaient à faire des poids ; – de côté et d'autre, des fritures en plein air soufflaient des odeurs de pâte et de coke, quelques gamins dévoraient des cornets de pommes de terre frites, un ouvrier s'enfournait de larges crêpes arrosées de piccolo trouble, puis il s'essuyait la barbe, posément, d'un revers de manche ; enfin, dans une lande vague, un wagon de marchandise sans roues, posait à terre ; une hutte de bois coiffée d'un toit plat en carton bitumé, alourdi et protégé contre le vent par de grosses pierres, attenait à ce wagon dans lequel grouillait toute une ventrée de mioches. Je crus voir l'ombre du vieux Bresdin qui, lui aussi, avait, de son vivant, logé dans une voiture échouée, à l'abandon. Mais seules, des oies se sont élancées avec des cris affreux, cinglées à coups de badine, par des polissons en guenilles. Le pauvre graveur est mort, dans un autre coin de banlieue, aussi misérable certainement que les tristes habitants de cette épave.

Plus loin, quelques maisons bourgeoises, parées au lait de chaux et coiffées de bonnets en tuiles s'élèvent, au milieu des jardins de gloriette, piqués par les rouges astérisques des géraniums ; la campagne s'affirme, un champ de betteraves décèle des cultures maraîchères, les arbres sont moins étiques, les arbustes plus verts, et, en face, s'étend l'île ombragée de Billancourt. Là, des bâtiments caserniers énormes se dressent au-dessus des taillis et des touffes ; des bâtiments réguliers et grelottants, percés de rares fenêtres mornes et propres. Un écriteau apparaît au-dessus de l'île : "Subsistances militaires, magasin de réserve de Billancourt." Et au travers des massifs, circulent les commis et les ouvriers d'administration, reconnaissables à leur collet brodé d'une étoile et à leur blanche épaulette dont la torsade est rouge. Ils flânent deux a deux, ce jour férié, et, finalement, se dirigent vers un bal ouvert dans la pointe de l'île. Quelques crincrins, un piston qui glapit, parfois une flûte qui piaule ; mais le paradis et l'Atlantide rêvés par ces employés militaires ne sont pas là. Ce bal est surtout fréquenté par les calicots de Paris, et les danses, comme dans toutes les banlieues, du reste, y sont décentes. On valse un peu, on polke les genoux en charnière et les bras en anse, mais le quadrille modéré manque de piment et d'entrain.

Puis les soldats n'y sont point adorés comme ils le souhaitent ; aussi profitent-ils des permissions de nuit pour se rendre dans la Terre promise de l'Intendance, dans le Chanaan de Grenelle. Là, ils triomphent sans mesure, abasourdissent de leurs grâces déhanchées les tabatières, dominent le bal de la Brasserie européenne dont ils rançonnent l'amour comme en pays conquis. Je crois bien que ceux qui restent, à Billancourt, le dimanche, sont privés de sortie ou dénués de ressources. L'air contrit des promeneurs qui se tortillent férocement les moustaches semble, du reste, déceler de vives impatiences et de longs ennuis.

Et, observant ces prisonniers de l'autre rive, l'on atteint le pont de Billancourt, un petit pont à piliers de pierre et à tablier de fonte. La scène change, les souvenirs de Paris, si proche, s'atténuent ; de la verdure non sophistiquée s'étale. Le morceau d'île que le pont traverse pour joindre les berges de la Seine verdoie tel qu'une prairie ; c'est le silence ; les pantalons écarlates ont disparu ; quelques couples se partagent les provisions apportées dans un panier ; puis la rive gauche du fleuve avoue aussitôt sa personnalité propre et se révèle comme n'étant nullement fréquentée par des bastringues et des guinguettes. Là, aucun cheval de bois, aucun tir, aucune friturerie, aucun gymnase. La rive suit le petit bras de la Seine qui enveloppe l'île, et c'est une allée charmante que ce quai des Moulineaux dont l'horizon immédiat est une côte, peuplée de frais cottages, traversée par le viaduc de Meudon, sur lequel passe, dans le ciel, tout en haut, une file ininterrompue de trains.

En bas, couchées au pied des monticules, des bâtisses ouvrières s'étalent, des hangars remplis de pains de blanc d'Espagne, dont les détritus écrasés peignent les sentiers qui les sillonnent d'une teinte de lait. – Quels nettoyages de carreaux et quels amas de mastic, ces pains préparent ! Pareils à de robustes pierrots, de blancs ouvriers montent et descendent, poussent des brouettes, balaient dans des nuages de minérale neige. – Et comme si les Moulineaux voulaient se blasonner des deux non-couleurs, du blanc et du noir, quelques usines crachent des bouillons de suie, des usines auxquelles conduisent de noirs chemins, criblés d'escarbilles et de mâchefer. Mais ce pays tempère son aspect usinier par des coins réjouis de campagne ; çà et là, des linges sèchent dans de minuscules prés ; des terrains incultes, mais en quelque sorte moins vagues que ceux de la rive droite, alternent avec de propres maisonnettes, avec quelques marchands de vins, sérieux et vraiment assis ; une odeur de fumier s'épand des basses-cours, se substitue à la senteur de friture et de graisse qui nous poursuivait sur l'autre berge. Puis, tout le côté qui longe le bras de Seine est délicieux. Des peupliers et des saules bien portants s'éventent ; partout des familles couchées sur l'herbe, partout des pêcheurs attentifs qui prennent parfois des ablettes authentiques et des goujons réels. Et le quai d'Issy succède au quai des Moulineaux, tandis que l'île de Billancourt semble un vaisseau de verdure à l'ancre.

Tout un paysage maritime existe enfin ; une baraque de bois peinte en bleu gendarme et réchampie de filets groseille fume doucement, une baraque joyeuse, avec un jardinet dans lequel de grands éperviers sèchent. Un écriteau vous invite à héler le passeur pour aborder dans l'île, auprès du bal. – C'est un coin bon enfant de campagne qui s'est civilisé au contact de Paris, sans perdre son charme villageois et sa grâce naïve. – Puis, après l'île et en revenant vers le viaduc d'Auteuil, une escale de bateaux vous arrête, de ces gros bateaux à ventre goudronné, rayés au flanc d'une éclatante bande de rouge de Saturne et surmontés de cabines aux volets peinturlurés de vert prasin. L'assemblage de ces couleurs, qui s'appuient et s'aident, jette une note gaie sur l'eau qui les reflète et brise des parcelles de vagues colorées, lorsque le reflux des bateaux à vapeur atteint la côte. – Un peu plus loin, des barques amarrées sont en décharge. -C'est un va-et-vient de gens noirs, marchant sur de longues planches qui plient, portant sur leur tête, couverte d'un sac, de lourds paniers de charbon qu'ils vident d'un coup d'épaule dans des voitures ; et, au milieu des tas de coke et de mons, des enfants barbouillés et blonds s'amusent ; un chien-loup, la queue en trompette, court le long de la barque et aboie aux hirondelles qui rasent, en sifflant, l'eau ; quelques chalands reposent, le mât couché sur le pont, et des femmes nettoient de la vaisselle, tandis que des hommes, couchés près du gouvernail, sommeillent au soleil qui se joue sur leurs étonnantes culottes en toile de bâche vert-pomme. Et peu à peu, en suivant le quai, l'on atteint la voie de Ceinture ; mais déjà les flonflons de l'autre rive vous parviennent, l'on est repris par la ville, que les cris maintenant entendus des beuglants dénoncent. Et si, franchissant le pont, l'on rejoint la berge sur laquelle nous débarquâmes près de la station des bateaux-mouches, l'on se retrouve en plein brouhaha, dans un bruit de carabines et d'orgues. À cette heure, le Concert du Cadran regorge ; par les portes ouvertes, l'on aperçoit une sorte de grange, une ancienne salle de gymnastique où se trémoussent sur une scène basse, quelques cabots analogues à ceux qui se prélassaient dans le Concert des Omnibus que nous vîmes. Le public est le même, l'indulgence pareille, la joie semblable.

Au loin, l'on entrevoit au-dessus des têtes, le buste d'un chanteur genre Libert ; il brame, dans une buée de tabac, *les Portraits de famille*, et, à l'incommensurable liesse du peuple en fête, il clame en prenant un air idiot et docte :

> Qu'est-ce qui se sert d'ipéca ?
> C'est papa.

Qu'est-ce qui se sert d'un irrigateur ?
C'est ma sœur !

"Ah ! il est rien drôle !" Je me retourne à cette exclamation, et je vois une mince blondine, à la mine angélique, aux lèvres toutes roses, qui mange de ses clairs yeux l'abominable pitre ; – mélancoliquement, en remontant sur le pont, je songe aux abondantes roulées qui attendent sans doute la pauvrette, si le cabot la perd ; – puis je me dis que d'antérieures calottes distribuées, dès l'enfance, par les soins d'un père gorgé de vin, ont assoupli déjà les os et amorti l'acuité douloureuse des futurs coups ; puis ces réflexions s'effacent, car je suis maintenant, tournant le dos à Billancourt, sur le premier étage du viaduc, et devant moi, au-dessus de la Seine, Paris s'étend.

À gauche, le quai qui fuit et au-dessus duquel, dans le lointain, émerge le Trocadéro énorme, dressant de chaque côté d'un hydropique ventre, deux maigres jambes, clochetonnées de mules d'or ; à droite, tout le quai de Javel hérissé de tuyaux d'usines, de tuyaux en brique, carrés et cerclés de fer, de tuyaux ronds à la bouche colletée de noir, de cheminées en fonte et à soupapes, attachées à des toits voisins par des fils qui se croisent. Et lentement, ces fabriques poussent dans l'éther leurs flocons d'encre ; c'est le quartier noir qui est là ; ce sont les terribles parages de la maison Cail, des fabricants de produits chimiques, des boyaudiers et des téléphones. Et une odeur âcre, terrible, chassée par le vent, souffle sur le viaduc, tandis qu'à l'étage au-dessus de moi, les trains de la Ceinture sifflent. Enfin, plus près, fermant Paris, la manufacture de Javel dresse sa vague église surmontée d'un clocheton de bois ; c'est la symbolique chapelle d'un Creusot urbain, la cathédrale de l'Industrie, où le dieu sans pitié des machines, où le Moloch exterminateur gît en un tabernacle de fonte, dans un encens de fumée de tourbe, dans une gloire de fournaise qu'entretiennent, jour et nuit, ses noirs prêtres mi-nus.

Et comme indifférent aux douleurs que ce quartier recèle, au-dessus du Point-du-Jour, le ciel, maintenant balayé de nuages, blute au travers de son bleu tamis de la poussière d'or et inonde de joies lumineuses l'eau du fleuve, qui semble pétiller d'aise.

La grande place de Bruxelles

C'était dimanche, jour de marché aux fleurs et de marché aux oiseaux. – Dès huit heures du matin, la grande place regorgeait de monde. – À gauche, près des bâtiments qui se dressent dans leurs robes bariolées et blasonnées d'emblèmes, au pied de la maison de la Louve, qui découpe sur le velours blanc des nuages ses lucarnes à volutes, fleuronnées de ramages et toutes orfévries de pierre et d'or, des paysannes étalaient sous des parasols, aux pétales fanés, des bottelettes de verdure, des bourriches de fleurs, des gerbes de frondaisons, et toutes, les pieds sur un gueux qui rougeoyait et fumait sous leurs jupes, jargonnaient éperdument, le museau refrogné, alors que les acheteurs barguignaient et refusaient leurs offres.

Derrière cette haie de guenuches, emmitouflées de madras et de cotonnades, les Diligentes avec leurs roues calées sur le bord des trottoirs, leurs caisses maçonnées d'un affreux vert pistache, leurs rosses apocalyptiques, soufflant par les naseaux une petite buée, battant dans leur peau trop large, avec les baguettes de leurs côtes, une chamade sans fin, attendaient patiemment ces couples d'étrangers, qui, encombrés de paquets et de valises, charrient après eux des attelages de femmes et des portées de galopins qui se fourrent les doigts dans le nez et mordent à même dans les provisions de route.

Un peu plus loin, enfin, à l'encoignure de la rue de l'Étuve, où s'étale, dans sa gloire de poupin obscène, le Mannekenpis, presque en face de la maison des brasseurs, si fastueuse avec ses colonnades cannelées d'or et la statue qui la chevauche au faîte, un tas de fainéants, embroussaillés de tignasses qui bouffaient sous le bourgeron de laine ou la casquette de soie noire, badaudaient de-ci, de-là, déambulant, à gauche, à droite, en aval, en amont, alors que vis-à-vis de l'Hôtel de Ville, au mitan de la place, des femelles hors d'âge, des infantes de l'an II, montraient leurs bas de laine rose, emmanchés de galoches noires et offraient des œufs durs et des crabes aux ménagères affriolées par la vente d'oiseaux qui, dans leurs cages de bois, voletaient, piaillaient, se pouillaient à coups de bec, roucoulaient, s'épluchaient les ailes, picoraient des grains, se panachaient, faisaient la roue, se troussaient le jabot et fientaient blanc.

Et les fenêtres des brasseries s'ouvraient. Les tables gluaient avec leurs verres de lambic et de faro. Une brume bleue enveloppait les salles. Des crânes de magots chauves, des groins en désarroi, des pifs bossués de verrues à peluches et de vitelottes qui saillaient écarlates dans le taillis des moustaches, des trognes de pochards en goguette, des caboches d'ivrognesses en délire, s'estompaient en un fouillis burlesque dans la fumée tourbillonnante. Des orateurs époumonés, réduits à quia, faute de souffle, frappaient la table de leurs poings, des penseurs de barrière graillonnaient sur le plancher, et un homme ventripotent, la margoulette en zigzag, les dents courant la prétentaine dans les gencives, les fesses se tassant sur les bois d'une table, les jambes battant le rappel sur les pieds d'une chaise, chantonnait, somnolent, abruti par la bière de Diest et l'alcool de Hasselt. Les groupes grossissaient, on s'interpellait par la fenêtre, on gueulait à tue-tête la *Brabançonne*, on s'empiffrait des couques de Dinant, on se gavait de pistolets au beurre, on pignochait des biscottes, on suçait la bouillie verte des entrailles des crabes, on bâfrait des gaufrettes sèches, on déchiquetait des anguilles fumées, et des violoneux raclaient leurs cordes, des taverniers pompaient la bière, des mioches se troussaient le long des murs, d'autres vagissaient, d'autres encore tétaient des femmes roses et, çà et là, dans ce remous de foule, tranchant sur le bleu et le blanc des blouses, sur la cannelle et le lie-de-vin des guimpes, des soldats se rigolaient, la panse débridée, des chasseurs aux vareuses vertes avec chenilles jaunes et culottes gris de fer, des grenadiers vêtus de bleu foncé avec des bandes et des parements rouges.

Puis c'étaient, au-dehors, des chiens attelés à de petites charrettes qui grommelaient et trottinaient, trimballant dans des jattes de cuivre du lait trempé d'eau ; c'étaient les marchands de beignets, leur éventaire sur le nombril et leur poudrière à sucre dans la main, et une odeur de pain chaud s'exhalait de chez les geindres, le marché fleurait le réséda, mêlant sa senteur douce à l'âcre parfum du tan des mégissiers et à l'odeur lourde et fade du houblon qui bout. Çà et là encore, des caves qui béaient, rez terre, s'étoilaient des lueurs sanglantes d'un fumignon, éclairant de reflets rembranesques tous les types des sabbats, des visages à patine de cuivre, des mentons à retroussis, des nez en trompette ou en arceau, tout le sanhédrin des déesses vieillies qui attendent la fin du crépuscule pour aller cavalcader, dans les nuages, un manche à balai entre les deux cuisses.

Et comme indigné de ces hideurs enténébrées, le soleil lutina les ouïes et les queues des dauphins en relief sur les colonnes, blondit les chimères et autres attributs héraldiques des maisons, creusa d'un trou d'or rose le naseau d'un cheval, se galvauda dans la boue, fouilla les renfoncements des pierres, se coula le long des corniches, fila le long des arêtes, creva, enfin en une large ondée d'or sur les cariatides des balcons, invitant à son régal de lumière une troupe de faméliques qui se ventrouillaient au pied des statues d'Egmont et d'Hornes, se grattant le râble, crachant sur leurs bottes, culottant des pipes d'écume à l'huile, d'exécrables pipes rouges et tachetées de noir, songeant aux ineffables joies de Bruxelles, cette terre promise des bières fortes et des filles, ce Chanaan des priapées et des saouleries !